BIBLIOTHÈQUE ILLUSTRÉE

DE LA JEUNESSE CHRÉTIENNE,

APPROUVÉE

PAR MONSEIGNEUR L'ÉVÊQUE DE LIMOGES.

Tout exemplaire qui ne sera pas revêtu de notre griffe sera réputé contrefait et poursuivi conformément aux lois.

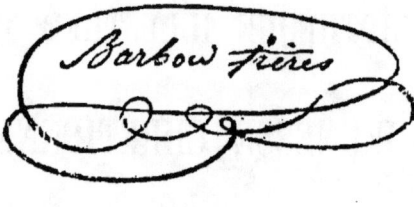

ÉLÉONORE

OU

SOUVENIRS DE FLORENCE.

C'est sa fille !...c'est sa fille, répète-t-on de toute part

ÉLÉONORE

OU

SOUVENIRS DE FLORENCE,

PAR

M. DELAVILLE.

LIMOGES.

BARBOU FRÈRES, IMPRIMEURS-LIBRAIRES.

1859

I

SAN-PAOLO.

Alors que Lucques, alliée de Florence, jouissait en
paix des douceurs d'un gouvernement qu'elle s'était
donné à elle-même sous l'influence des Guelfes, parmi
les nobles familles de cette république brillait une maison illustre qui, par d'éminens services, n'avait pas peu
contribué à son affranchissement. Aimé et chéri de ses
concitoyens, le chef de cette race distinguée, Castruccio
Castracani, était regardé comme le protecteur du peuple

et le père des malheureux. C'est que le dévouement ne lui manquait pas ; c'est qu'il tenait moins compte de ses richesses que du bonheur de son pays : aussi le vit-on, alors qu'un sang plus vif portait dans ses membres la force et la vigueur, à la tête des soldats de son parti, exposer sa vie et l'avenir de sa famille dans des luttes acharnées.

Cet homme se reposait enfin des fatigues de la jeunesse ; et, vieillard vénérable, il voyait autour de lui des enfants soumis et respectueux, dignes de son grand cœur.

L'un d'eux, plus ami du silence et de la retraite, avait, au lieu de la carrière des armes, choisi celle que Dieu a établie pour les âmes pacifiques, aimantes, généreuses pourtant : car au milieu de ses paisibles fonctions, le prêtre a des sacrifices à s'imposer.

Un autre, au caractère bouillant, impétueux, avait des vues bien différentes; et son père le destinait à continuer auprès du peuple lucquois, la protection qu'il lui avait jusqu'alors accordée.

Il était aussi une jeune fille au cœur pur, dont la piété, loin d'un monde où la discorde commençait à gronder sourdement, aurait bien désiré adoucir, par ser tendres caresses, l'amertume préparée aux cheveux blancs de son père. Mais le vieillard, ami de son pays, voulait allier à sa famille une famille non moins distinguée; il avait à cœur de resserrer les liens qui déjà les unissaient par la magnanimité et l'amour du peuple, afin que leurs œuvres, faites de concert, et comme par une force unique et puissante, pussent contrebalancer les efforts de leurs ennemis. Ainsi Eléonore fut mariée au noble Buonacorso Cénami ; et la faction gibeline s'effraya de l'union de deux maisons si influentes.

Long-temps encore, de son château de San-Paolo, d'où il dominait par son ascendant sur les perturbateurs de la paix, Castruccio vit fleurir la république de Lucques sous l'empire de ses lois. Mais, après une conspiration habilement menée dans le silence, les Gibelins de Lucques, aidés des Pisans, leurs alliés, prirent le dessus, et la cité fut remplie de troubles et de proscriptions.

Alors les Guelfes furent contraints de l'abandonner : ils fuirent la colère de ces mêmes hommes qu'ils avaient épargnés, mais qui voulaient leur faire payer cher leur trop long abaissement.

Il était une personne que ne devait pas perdre de vue leur fureur : tant que vivrait Castruccio-Castracani, leur domination ne serait pas stable. Le peuple, qui aimait ce vieillard, se lasserait bientôt d'un gouvernement où les chefs n'avaient pas le même désintéressement que lui.

Le château de San-Paolo était d'ailleurs l'asile qu'avaient choisi un grand nombre de guelfes ; et de là ils se proposaient d'entraver les projets de leurs ennemis.

1..

Les Gibelins épiaient donc le moment favorable : ils
savaient que le fils et le gendre de Castruccio le défen-
draient jusqu'à la mort, que leur énergie constante, en-
courageant les efforts de leurs amis, rendrait difficile la
prise d'un château déjà fortifié par ses murs et sa
position ; ils attendirent qu'il fût privé d'une partie de
sa force par leur absence.

Cénami et Robert, un jour, étaient allés à Florence
prendre part aux assemblées des guelfes qui dominaient
dans cette ville, et voulaient relever leur parti dans les
républiques alliées. On vint le dire aux gibelins de
Lucques ; ils prirent les armes, et coururent vers San-
Paolo par les sentiers détournés de la montagne. Mais
les sentinelles, qui s'attendaient chaque jour à une
attaque, veillaient avec soin autour des murs. L'une
d'elles aperçut, à travers les arbres touffus qui cou-
vraient un vaste coteau, l'éclat d'armes brillantes, et
elle poussa le cri d'alarmes. Aussitôt le rempart fut
environné de soldats.

Le château, défendu, d'un côté, par un large et profond canal, l'était, de l'autre, par une élévation immense
au-dessus de la plaine. Ici encore des rochers escarpés,
des ronces, rendaient l'accès difficile. Pourtant sur ce
point seul pouvait être tentée l'attaque avec quelque
espérance de succès ; mais il aurait fallu surprendre le
château : car la moindre résistance rendait tous les
efforts inutiles. Les Gibelins, qui voyaient la partie
supérieure protégée par des fossés profonds, par de
hautes tours remplies de soldats, tournèrent vers le

précipice. Puis le chef de la troupe, le fier Antelminelli,
regardant ses guerriers !

« Gloire à ceux, s'écria-t-il, qui iront escalader le
rempart ! »

Nul n'osait remuer : la profondeur du précipice ef-
frayait les plus audacieux. Alors le fils du général,
Henri, s'avança en face des soldats, en disant :

« Honneur aux braves qui me suivront ! »

Ces paroles glacèrent d'effroi le vieil Antelminelli ;
pourtant il n'osa s'opposer à la générosité de son sang.

Déjà plusieurs soldats avaient suivi le hardi gibelin ;
et les rocs étaient gravis péniblement, mais avec courage. Antelminelli montait le premier : le succès secon-
dait son audace ; les autres, derrière lui, faisaient des
efforts inouïs, et ne pouvaient l'atteindre. Il tourna la
tête, et en vit quelques-uns qui roulaient dans l'abîme,
tandis que les autres accrochaient leurs mains aux
ronces pour éviter le même malheur.

« Nous arrivons, amis, leur cria-t-il, courage ! Voyez !
le rempart est faible de ce côté-ci ; nos mains en attein-
dront presque le sommet. »

Il dit, et trois guerriers redoublèrent de vitesse ; ils
l'atteignirent aux pieds des murs. Leur vue ranima
leurs compagnons,

Cependant du corps de la troupe restée sur la montagne se détachaient d'autres hommes, honteux de leur timidité : ceux-ci, voulant réparer leur honneur, cherchèrent à rejoindre ceux qui montaient encore. Déjà ils les avaient atteints, lorsque les assiégés, qui s'étaient ris d'abord d'une entreprise à leurs yeux téméraire, commencèrent à redouter le succès, et se portèrent vers le lieu que menaçait une prochaine attaque.

« Courage ! braves héros, criait à ses soldats le vieil Antelminelli; prévenez la défense qui se prépare contre vous. »

Ces mots électrisèrent Henri et ses compagnons : on les vit s'accrocher avec effort aux derniers rochers qui touchaient au mur, et s'élancer par dessus.

L'attaque fut alors vigoureuse, comme la résistance terrible. Guelfes et gibelins mêlaient de près leurs armes, et se frappaient des coups mortels. Pourtant plusieurs des assaillants étaient parvenus à s'élever jusqu'à la hauteur du mur; du haut du rempart Henri paraît, avec le bouclier, fixé au bras gauche, les traits lancés de loin, et, de la main droite, écartait ceux qui de près menaçaient sa poitrine. Il allait, suivi d'une troupe de guerriers, se jeter dans l'enceinte du château, lorsqu'une flèche l'atteignit au bras droit, et le renversa en arrière. Tombé sur des soldats qui lui évitèrent une chute cruelle, il roula à une légère distance du mur.

Là, arrêté par des ronces aux épines aiguës, il resta évanoui un instant; mais bientôt ses yeux s'étant rouverts, il aperçoit ses compagnons qui se disposaient à fuir, parce que plusieurs d'entre eux avaient été précipités du haut du rempart; il se lève alors, arrache le trait qui l'a percé, et malgré sa faiblesse, malgré le sang de son visage que les ronces viennent de mêler à celui de sa première blessure, il accourt vers les ennemis.

Son père l'avait vu tomber, et la frayeur était descendue dans son âme, et son courage l'avait abandonné. Déjà il se disposait à donner le signal de la retraite, lorsqu'il vit son fils se relever aussi fier qu'auparavant, mais plus terrible à cause de l'irritation de son cœur, porter haut son glaive menaçant, et, monté sur l'épaule d'un soldat, frapper encore du bras qu'une flèche avait blessé.

« Un dernier effort, ami ! dit encore le vieillard ; vous êtes trois fois plus nombreux que nos ennemis ! »

En ce moment plusieurs soldats avaient franchi le mur, et se défendaient vaillamment pied à pied; Henri lui-même avait mis un pied sur le rempart, et l'autre s'élevait en haut par un élancement rapide, lorsqu'un nouveau trait atteignit le jeune homme. Cette fois il tomba sur le mur; et les guelfes l'auraient enlevé, si le soldat qui l'avait soutenu tout-à-l'heure dans son ascension subite, ne l'eût saisi dans ses bras et retiré du du danger.

L'état d'Henri avait glacé d'effroi tous les cœurs ; nul ne sentait plus la force de continuer une attaque si long-temps inutile. Le bruit des armes un instant entendu dans l'intérieur du château, venait de cesser ; et ce silence annonçait la mort de ceux qui y avaient pénétré. Antelminelli donna des ordres, et la trompette guerrière retentit, annonçant le départ.

Cependant au château se passait une scène bien différente : c'était la lutte de la tendresse et de l'amour. Quand on vit les gibelins sur les murs, on commença à craindre les suites d'un événement qu'on n'avait pas prévu ; et Eléonore, la fille aimante de Castruccio, tremblant pour les jours de son père, forma dans son esprit un projet généreux. Elle était près du vieillard, lorsqu'on lui annonça les dangers qu'il courait avec ses amis. Elle pâlit à cette nouvelle ; elle regarda avec attendrissement son vieux père, et l'entourant de ses bras :

« Je vous sauverai, mon père, dit-elle ; je conjurerai vos ennemis de ne pàs me ravir celui que j'aime plus que la prunelle de mes yeux, de laisser vivre encore le vieillard dont les cheveux blancs, précieux à mon cœur, doivent être pour eux un signe d'espérance, j'irai...

— Tu irais vers eux, interrompit Castracani ? Non, ma fille ! tu resteras près de ton vieux père : il veut, si la mort doit le frapper, il veut que ses yeux mourants puissent se porter sur un objet chéri. Tu irais vers eux ; et ne sais-tu pas que leur cœur est barbare.

— Laisse-moi !... Non ! ils entendront la voix d'une femme, ils ne voudront pas qu'on dise que la cruauté la plus noire a souillé leur triomphe. Oseront-ils frapper une femme qui n'aura d'autre défense que ses prières et ses supplications.

— Ceux qui, dans Lucques, ont massacré les épouses, les enfants de nos amis, seront-ils arrêtés devant la fille de celui qu'ils détestent, de celui dont un jour de plus d'existence leur fait craindre de perdre le fruit de plusieurs années de complots ? Veille plutôt sur ton enfant, sur ce fils premier-né, en qui tu as aimé souvent à découvrir les traits de ton père. Pour moi, que la mort d'ailleurs enlèverait bientôt, je serai content, si leur cruauté m'accorde le bonheur de ne pas voir les maux de ma patrie.

— Robert ! Buonacorso ! mon frère, mon époux ! que n'êtes-vous ici, pour défendre mon père, pour sauver mon enfant ! Je ne suis, dit-on, qu'une femme incapable de rien faire pour les sauver. Si vous étiez ici, nos ennemis n'auraient pas eu l'espérance de franchir les remparts. Ils redoutent la force de Buonacorso, et l'impétuosité de Robert.

» Pauvre petit, continua-t-elle, en prenant dans ses bras l'enfant qu'on venait de rappeler à sa tendresse, mourras-tu déjà, lorsqu'à peine tu es entré dans la vie ?

» J'irai, je prendrai d'une main l'un des glaives de Buonacorso ; l'autre s'armera d'un bouclier. L'amour

donne, quand il le faut, de la force au sexe le plus faible : j'irai vers le rempart, je frapperai nos ennemis ; et
mes coups ne seront pas inutiles.

Elle dit, et posant son fils sur les genoux de son
père :

« S'il doit mourir, qu'il meure là où ma main l'a
placé, qu'il meure avec celui dont le cœur a passé
dans le sien. Généreux l'un et l'autre, ils ne peuvent
défendre leurs jours : ici c'est la faiblesse d'une vie à
son aurore ; là c'est la force usée par les travaux et le
déclin de l'âge. Du moins, si vous mourez, Eléonore ne
verra point vos fronts livides, le dernier souffle aura
fui de son sein.

Elle achevait à peine, lorsque entra Cénami :

« Les voilà, s'écria-t elle ! vous ne mourrez pas, mon
père ! Tu vivras, mon petit Léonce... Les voilà, ils
sauront bien, eux, défendre les remparts !... Cours,
Cénami ! mais tu es seul ; où es mon frère ? Serait-il
allé vers nos ennemis ?

— Sois en paix, amie ! tout va mieux qu'on ne
devait l'attendre ; on dit que le fils d'Antelminelli, le
fougueux Henri, a été précipité par une flèche du haut
des murs ; et j'ai entendu moi-même les cris de joie des
nôtres. J'y cours...

Où est mon fils, interrompit Castruccio ? Ton silence
me fait mal.

— Robert est allé, avec les troupes que nous commandions, surprendre les ennemis par le chemin qui mène vers le précipice, pendant que mes pas se dirigeaient vers l'entrée du souterrain qui conduit au château.

— O mon Dieu ! quels noirs pressentiments sont descendus dans mon âme !... Robert abandonné à son impétuosité !...

— Il m'a promis d'être prudent : rassurez-vous, mon père !

— Toute promesse s'évanouira, lorsque ses yeux verront les ennemis. S'ils viennent à rencontrer le fils d'Antelminelli !...

Cependant un grand bruit se faisait entendre autour du château.

» Ils ont fui, criaient plusieurs voix.

— Ils ont fui, répéta le vieillard ; tous ensemble ils vont accabler Robert !... Cénami, cours avec cette brave noblesse, avec ses vaillants soldats qui nous ont si bien défendus ; cours vers les lieux où doit être mon fils !... Que ton bras le protége, et le conserve à son vieux père.

. Buonacorso embrassa tendrement son épouse avec l'enfant qu'elle tenait pressé sur son sein ; et se mettant à genoux aux pieds du vieillard, il lui demanda sa bénédiction.

« Que Dieu te garde, mon fils, dit Castruccio, des coups de ses ennemis, qu'il bénisse tes efforts et te donne la force de me rendre avec toi mon bien-aimé Robert. »

II

BUONACORSO CÉNAMI.

———

Le vieil Antelminelli avait envoyé un de ses amis près de son fils blessé ; puis, descendu de la montagne par la voie la moins rapide, il avait repris le chemin de Lucques.

Lorsque l'envoyé de son père arriva près de lui, le jeune Antelminelli, dont les blessures venaient d'être bandées à la hâte, était déjà remonté sur son coursier ;

et, malgré la douleur, il voulait aller au-devant du
fils de Castruccio· qu'on lui avait dit s'avancer à peu de
distance.

« Je veux, répondait-il aux sages avis de l'ami de
son père, je veux que Robert paye cher nos travaux
sous ces murs, ce sang que les guelfes ont fait
couler »

Puis élevant la voix, et s'adressant aux soldats :

« Jurez, compagnons, que vous allez venger votre
chef, que vous ne fuirez pas devant les troupes d'un
guelfe, mon ennemi !...

« Sa mort, ou la nôtre, répétèrent à diverses fois les
guerriers. »

En vain l'envoyé d'Antelminelli voulut retenir le jeune
homme, au lieu de prêter l'oreille aux conseils de l'amitié, il aima mieux exposer ses jours que de rester sans
vengeance. Déjà il avait lancé son cheval, et ses soldats
le suivaient à une légère distance, lorsque apparut
Robert Castracani à la tête des siens. La fureur aussitôt
bouillonne dans le cœur d'Henri, il s'avance avec audace, pour combattre seul à seul son adversaire. Mais
au moment où les deux rivaux levaient leurs armes,
prêts à les mêler, les forces d'Antelminelli l'abandonnè-
rent, son visage devint pâle et livide, sa main ne put
tenir le glaive et il le suivit à terre, noyé dans le sang
de ses blessures que venaient de rouvrir la violence de

la colère, et l'effort qu'il avait fait pour atteindre plus sûrement son ennemi. Robert pouvait le frapper avant qu'il fût secouru ; mais un noble sentiment le retint.

« Si mon ennemi ne peut se défendre, se dit-il, je ne serai pas son bourreau. »

Il fit même retirer un peu les siens pour donner le temps aux gibelins de secourir leur chef. Mais au moment où il était loin de s'attendre à leur colère, ils fondirent vers lui, et cet homme, qui avait mission de sauver le fils d'Antelminelli, enfonça jusqu'à la garde son glaive dans le flanc de Robert, avant que celui-ci eût songé à se défendre.

A cette vue, les guelfes prirent la fuite, dirigeant leur course vers le chemin de la montagne. Cénami, qui venait au secours du frère d'Éléonore, les aperçut de loin ; et le frissonnement de la crainte glissa rapidement dans tous ses membres. Impatient de savoir, il s'élance vers ceux qui fuient, il leur demande ce qu'est devenu leur chef.

— Un traître l'a frappé, répond une voix.

Un traître, un guelfe de sa suite ?

— Un traître, oui, un traître !... Car celui qui nous l'a ravi, aurait dû plutôt lui savoir gré de son noble cœur. Robert a épargné le fils d'Antelminelli ; et le digne ami de ce cruel gibelin l'a percé d'outre en outre.

— Puisque vous allez nous commander, crièrent tous les témoins d'une mort si affreuse, retournons vers eux, vengeons le fils de Castruccio.

— Ami, tout est perdu ! s'écria Buonacorso.

Si Robert est mort, reprit Cénami, notre vengeance lui serait inutile !... Plutôt, retournons vers le château, allons reconnaître s'il est quelque moyen de sauver Castruccio, mon épouse et mon fils.

Les nobles guelfes, à la vue du drapeau gibelin arboré sur la plus haute tour, levèrent leurs épées en signe d'approbation, et ils se dirigèrent vers le château, décidés à périr, s'il le fallait, pour rendre à la ligue qu'ils défendaient son plus ferme soutien.

Cénami s'avançait le premier : son coursier franchissait l'espace avec impétuosité : pourtant il était trop lent encore dans sa pensée. N'allait-il pas trouver son beau-père, son épouse, son enfant livrés au fer de leurs ennemis ? Uu seul d'entre eux serait-il épargné ?... Ses regards, par intervalle, se portaient anxieusement autour de lui, ils cherchaient quelqu'un qui pût l'instruire de ce qui s'était passé au château; et, s'ils ne rencontraient personne, ils se fixaient vers le lieu dont la distance leur paraissait si longue à parcourir.

Il est arrivé dans le bois qui bordé d'un côté la rive
du canal, et ignore encore la position de ce qu'il a de
plus cher au monde; en voyant les hauts remparts du
château, il ne sait comment il pourra sauver les objets
chéris de sa tendresse; son visage perd de sa fierté naturelle, et sa tristesse submerge son âme. Cependant les
guelfes ont aperçu de loin un groupe de gibelins qui se
rendent vers leurs amis, maîtres de San-Paolo; et l'espoir du succès relevant leur courage, ils consolent
Buonacorso dont la crainte abattait le front.

« Voyez, lui disaient-ils, voyez ces gibelins dont le
nombre est de beaucoup inférieur au nôtre. On va pour
eux baisser le pont-levis; et nous, avant qu'ils aient
passé, nous les aurons atteints. »

Cénami, tout-à-l'heure triste et sauvage, relève subitement sa tête et regarde. Au même instant il pique des
deux; ses guerriers le suivent; et guelfes et gibelins
entrent pêle-mêle dans la cour du château.

C'est là qu'eut lieu un violent combat où plus d'un
noble personnage mêla son sang à la poussière. Tous les
gibelins s'étaient réunis contre les soldats de Cénami;
et ceux-ci, fiers de combattre pour le généreux Castruccio, vendaient chèrement leur vie. Enfin après
une lutte long-temps acharnée, les guelfes l'emportèrent.

Pendant que ses soldats parcourent le château pour
s'assurer qu'il n'y reste aucun ennemi, il vole vers le

lieu où sa présence déjà a tant fait de bien, incertain pourtant s'il retrouvera son beau-père, s'il reverra son épouse : car la férocité des gibelins peut bien avoir troublé par le bruit des chaînes, le silence de quelque tour isolée.

Il entre donc dans l'appartement de Castruccio : il ne voit que le désordre des riches meubles qui le décoraient, et dont les ornements ont disparu. Il court à celui de son épouse : les ennemis y ont aussi passé, et le plancher est couvert de ruines.

« Où sont-ils, s'écrie Cénami désespéré! Où les a-t-on jetés? »

Et son front se couvrait de nuages, et sa main tremblait sur le pommeau d'or de son épée.

Cependant les premières ombres de la nuit étaient descendues sur le château ; et déjà s'épaississaient d'une manière sensible, elles annonçaient des ténèbres profondes. Cénami et ses compagnons allumèrent deux flambeaux, et se mirent à parcourir les grandes tours. Plus d'une porte fut brisée sous la hache : car les clefs avaient été enlevées par les ennemis ; mais toute recherche fut vaine, nulle prison ne renferma les nobles personnages, dont la vue aurait relevé l'âme de Buonacorso, et les espérances des Guelfes.

« Où sont-ils? criait-il d'une voix égarée, où sont-ils?... » Les cruels Gibelins les auront précipités dans l'eau profonde du canal!... Castruccio!... Léonce!... Éléonore!...

Cependant plusieurs guelfes étaient sortis des murs, et suivaient, à la lueur d'une torche, le chemin de Lucques, où ils pensaient avoir quelque lumière sur les événements passés au château depuis le départ de Cénami. Ils espéraient trouver dans la campagne quelque soldat des leurs échappé au fer des Gibelins. Mais sur la route régnait un horrible silence. Le vent soufflait à peine, la nature semblait se recueillir en elle-même pour ne laisser échapper aucun murmure, comme si elle eût redouté même en leur absence ceux dont elle avait vu la cruauté.

Ils arrivent enfin près des murs de Lucques : les portes en étaient fermées; mais une agitation étrange se manifestait dans les rues de la ville. C'étaient des cris de joie que proférait une populace inconstante, des malédictions lancées contre la famille Castruccio Castracani. Inquiets de savoir quelque chose sur le sort du chef de leur ligue, ils prêtèrent l'oreille aux mouvements qui se faisaient non loin de la porte, mais ils ne purent long-temps distinguer que de furieuses clameurs.

Avaient-elles pour motif la rentrée des guelfes au château de San-Paolo? ou bien une lutte s'était-elle établie entre la partie saine du peuple et celle qui était vendue aux gibelins? Amères incertitudes qui les troublèrent jusqu'au moment où, le bruit se rapprochant d'une manière sensible, ils craignirent une sortie funeste à leur petit nombre. S'éloignant alors de la voie battue, ils s'enfoncèrent dans l'épaisseur d'un taillis qui s'élevait près de là, pour considérer en sûreté l'événement.

III

LUPO DE POGGIO.

Les portes de Lucques s'étaient ouvertes avec grand
bruit, et les cris de la multitude étaient arrivés plus
distincts, plus effrayants aux oreilles des guelfes cachés. Ils n'osaient remuer, ils retenaient jusqu'à leur
haleine, craignant que l'air perfide n'en portât le souffle
jusqu'à leurs ennemis.

Alors seulement que les lourds battants, garnis de
fer, frappèrent avec force l'un contre l'autre, que

d'énormes clés, en roulant dans les vastes serrures, eurent forcé à gémir leurs durs ressorts, ils reprirent leurs esprits. C'est qu'un silence profond venait de succéder à l'agitation la plus grande, c'est que le bruit des pas s'éloignait, insensiblement, et se perdait dans les rues lointaines de la ville. Pourtant s'ils avaient su quel homme avait été accompagné hors de la ville par les malédictions de la populace et de la soldatesque, s'ils avaient entendu les soupirs étouffés à demi dans une poitrine gonflée par la douleur, ils n'eussent pas manqué d'accourir près de lui, pour le consoler et lui montrer un asile.

Les guelfes, assurés par le calme de la campagne que leurs ennemis étaient restés dans la ville, s'avisèrent de quitter leur retraite, et reprirent le chemin de San-Paolo, inquiets de n'avoir aucune nouvelle à donner au gendre de Castruccio. Comme ils passaient sur les bords du Serchio, deux de leurs compagnons qui étaient restés en arrière, entendirent près d'une roche énorme dont la tête, inclinée vers le fleuve, couvrait d'immenses cavités, l'haleine bruyante d'un homme qui dort après une grande lassitude. Ils crièrent aux autres guerriers de les attendre; puis, armés de leurs glaives nus, ils se mirent à gravir la pente qui menait vers le roc, pendant que leurs compagnons, ignorant ce qui se passait, s'asseyaient sur des débris de rochers, le long du chemin.

« Qui est là, » crièrent-ils ensemble?

Et leur voix retentit dans la caverne.

Près d'eux il se fit un mouvement subit ; un souffle prolongé fut entendu ; et une voix qui avait tout l'accent de la frayeur, répondit :

« Qui est là ? »

Déjà commençaient à scintiller doucement les rayons naissants de la lune ; et les deux guelfes aperçurent l'éclat brillant de l'armure d'un guerrier, et la garde d'argent d'une épée qu'avait déjà saisie sa main.

— Guelfe ou gibelin ? dit l'un des deux guerriers.

— Qui êtes-vous, vous-même ?

— Les amis de Castruccio-Castracani !

— Moi, je suis Lupo de Poggio.

— Poggio !... Il sera notre prisonnier.

— S'il le veut bien !... Il a un bras vigoureux et une arme bien affilée.

— Sa famille a fait couler le sang le plus noble des guelfes ; elle a juré l'extinction de notre ligue.

— Je l'ai jurée moi aussi !... mais je serai parjure à ce serment, s'il le faut, pour soutenir la cause des cœurs les plus magnanimes.

— Où sont-ils, les grands cœurs ?... En trouverait-on parmi les gibelins ?... Leur épée n'a jamais fait grâce :

2.

des visages baignés de pleurs, des femmes, de jeunes
filles, les ont trouvés insensibles à la pitié. Ils n'ont pas
épargné la famille de ce Castruccio qui, tant de fois,
empêcha de répandre leur sang!...

— Oui, l'illustre Castracani avait une grande âme!
et il peut se glorifier qu'il n'est personne dans sa famille
dont les nobles sentiments le cèdent en rien à ce que
nos pères ont admiré dans sa race. Il a surtout une fille
digne de lui, une fille dont les pensées sont au-dessus
des pensées de son sexe, une fille qui joint aux charmes
extérieurs du visage la sensibilité qui s'oublie, le courage et la générosité des héros.

— Qui vous a fait défenseur de cette famille, vous,
son ennemi?... Ne sont-ce pas là des piéges que vous
endez à notre crédulité?... Peut-être déjà avez-vous
médité une perfidie?

— Depuis la plus tendre jeunesse, ma main a manié
l'épée et la lance; je ne saurais trembler devant mes
ennemis : fussent-ils dix contre moi? et vous voudriez
que je voulusse user de fourberie pour racheter des
jours que je croirais déshonorés, si je les avais conser-
vés par un moyen si honteux?

Non! je ne médite pas une perfidie!... Vous n'êtes
que deux contre moi : ne pourrais-je pas me défendre
avec avantage?

— Deux ici, mais nous avons des compagnons sur les bords du Serchio.

— Je leur dirai, à eux aussi, ce que j'ai vu ; et, s'ils ne veulent croire à la sincérité de mes pensées, ils me conduiront au chef guelfe qui a l'autorité en l'absence de Castracani ; sans doute cet homme magnanime aura choisi, pour commander en son absence, un homme qui partage ses sentiments, et il ne manquera pas de me comprendre.

— Puisque vous savez de si belles choses de la fille de Castruccio, vous n'ignorez pas sans doute ce qu'il est devenu lui-même : nul de nous n'était au château lorsqu'il a été pris par les Gibelins. Nous ne pouvons même encore comprendre comment nos ennemis se sont introduits dans ses murs.

— Ici maintenant les ténèbres ont disparu ; l'éclat de la lune remplit cette grotte ; appelez vos compagnons. Je veux qu'ils sachent comment un gibelin acharné est devenu leur ami.

Pendant tous ces discours, la troupe guelfe qui attendait, était restée immobile ; autour d'elle s'était établi le calme le plus profond : car leurs bras soutenaient leur tête pesante ; et le sommeil venait à contre temps s'emparer de leurs sens fatigués.

A la voix de leurs compagnons, ils se levèrent tous par un mouvement spontané, et regardèrent autour d'eux, comme s'ils eussent eu à se défendre ; puis un nouveau cri leur ayant rappelé le lieu où ils avaient laissés deux guerriers de leur troupe, ils se dirigèrent vers le roc.

Quelle fut leur surprise, en reconnaissant sur le visage de l'étranger les traits qui caractérisaient la famille de Poggio.

« C'est un prisonnier!... dirent-ils à leurs compagnons. »

« Attendez un moment, interrompit le noble gibelin... Mais comme votre nombre pourrait difficilement ici se placer autour de moi pour m'entendre, descendons dans la plaine, et je vous raconterai ce que vous ignorez.

Il dit, et les guelfes l'environnèrent comme s'ils eussent craint qu'il ne leur échappât. Arrivés sur les bords du Serchio, dans une verte prairie ombragée d'orangers, non loin du chemin qu'ils avaient suivi jusqu'alors, ils fixèrent, tous, leurs regards sur Poggio ; et lui, se tournant vers eux, commença ainsi :

— Guelfes, amis de Castruccio, vous désirez apprendre d'un gibelin des choses qui se sont passées sous ses yeux, à la honte du parti qu'il a suivi jusqu'à ce jour : eh bien ! écoutez une voix qui n'est plus ennemie la voix d'un homme qui a de la sympathie pour vos malheurs.

« Une troupe de guerriers se rapprochait de San-Paolo au moment où les soldats d'Antelmilleni s'en éloignaient. Celui-ci, qui avait vu briller au loin les armes ennemies, se réjouissait d'avance à la pensée de répandre le sang, lorsque, non loin de la montagne sur laquelle est assis le château, disparurent lances et soldats.

« Cependant le chef gibelin, furieux de voir lui échapper sa proie, avançait avec plus de vitesse ; et lorsqu'il fut dans la gorge où le Serchio trouve à peine un étroit passage, la colère lui monta au front ; et, entrant dans l'humble chaumière d'un meunier appuyée d'un côté contre la porte qui menait au château, il jeta l'effroi dans un réduit où n'avaient jamais résonné que les paroles amies de la famille de Castruccio.

« Que sont devenus, s'écria-t-il, ces guelfes que nous apercevions tout-à-l'heure, en parcourant avec rapidité l'immense plaine ? Le Serchio n'a pas englouti tant de soldats : il est ici une porte secrète qui cache l'entrée d'un souterrain profond.

« Et regardant le meunier d'un air farouche :

— « Parle, si tu veux sauver ta vie !

— « Oui, j'ai vu, répond le fidèle serviteur de Castruccio, les soldats du noble Cénami ; mais ils sont montés sur des barques prêtes à les recevoir, et ont fui loin de ces lieux.

— « Tu veux nous tromper, a repris Antelminelli d'une voix qui sentait la colère : nos yeux n'ont pas perdu de vue le fleuve, et nulle barque n'a sillonné ses eaux paisibles. Dis la vérité, ou je vais te faire sauter la tête.

— « Mon Dieu, s'écrie une femme éplorée qui jusqu'alors s'était tenue cachée vers l'âtre noir de la cheminée, avec un enfant attaché à son sein.

« Elle est alors aperçue d'Antelminelli.

— « Persistes-tu à vouloir mourir, continue-t-il, à laisser dans la douleur et l'affliction une femme si jeune encore, un petit enfant dont la bouche... regarde !... veut te sourire ?

— « Vous ne croyez pas à mes paroles ; je vous ai dit que des barques légères les avaient emportés sur les eaux rapides du Serchio. Les arbres qui bordent les rives les auront dérobés à votre vue.

— « Où seraient-ils allés ?... Se livrer à nous sous les murs de Lucques ?... Non !... Dis la vérité ou meurs !...

« Déjà approchait un soldat qui avait ordre de frapper, lorsque l'épouse du meunier accourut, les larmes aux yeux ; et présentant à son époux le fruit de leur amour :

— « Vas-tu donc nous abandonner, lui dit-elle ? En mourant, tu me livres à l'infortune, au déses-

poir!... Tu aimes donc mieux des hommes de qui
tu n'espères plus rien, que ton épouse, que ton
fils ?...

— » Tu me trahis, malheureuse!... C'est toi qui
seras cause de ma mort!... C'est toi qui vas conduire le
glaive dont mon cœur sera transpercé ?

» Puis regardant les soldats :

— « Frappez, puisque ma femme me livre à vous,
frappez, je ne trahirai pas mes serments.

» Ces paroles glacèrent d'effroi l'infortunée dont la
tendresse avait affaibli le courage : elle s'attacha au cou
de son époux, elle lui fit embrasser son enfant. Et se
retournant vers Antelminelli :

— « Ordonnez que je sois percée la première ! que je
n'aie pas la douleur de voir tomber à mes pieds un
époux que je chéris!... Frappez; que le même coup
qui atteindra la mère, réunisse à elle son pauvre enfant.

— « Non ! non! cria le meunier d'un air égaré, non !
ne soyez pas cruel !... Je...

— » Parle donc, et ta famille vivra, répéta Antelminelli.

— » Et mon nom sera déshonoré!... et je ne vivrai
plus que d'opprobre et de honte.

» Cependant le meunier avait les yeux fixés sur son épouse, qui elle-même le regardait avec tendresse, et cédant à l'émotion qui l'agitait :

— « Suivez-moi, » dit-il enfin au chef gibelin.

» Et il le conduisit dans la pièce voisine où le moulin roulait avec grand bruit. Les yeux d'Antelminelli parcouraient l'étroite enceinte et n'apercevaient l'indice d'aucune issue. Le meunier avait déjà enlevé quelques planches que cachaient auparavant d'énormes rouages de fer ; et le gibelin pensait en lui-même si on ne lui préparait pas quelque piège.

» Comme le meunier, préoccupé par la douleur, gardait le silence :

— « M'as-tu mené ici, lui dit-il, pour te jouer de moi ? Où est l'entrée du souterrain ?

— » Ici, signor, laissèrent à peine entendre les lèvres du pauvre homme.

— » Ici, sous les roues de ton moulin ?

— » Regardez à gauche.

» Antelminelli se baissa, et vit une large ouverture du côté de la montagne.

— » Amis, s'écria-t-il en se redressant, San-Paolo est à nous.

» Les guerriers accoururent, et la voie souterraine fut bientôt parcourue.

» Pour moi, qui avais été témoin de la scène passée dans la chaumière, je commençai à ne plus ressentir autant de zèle pour un parti où l'on se montrait si cruel, où l'on forçait un infortuné de renoncer aux sentiments de l'honneur en parjurant sa foi.

» Nous étions arrivés au bout de l'obscur sentier : là une grande porte arrêtait notre marche. Ceux qui nous précédaient étaient armés de haches : ils frappaient des coups redoublés, ils enfoncent la porte. Nous voilà au bas d'une tour, dans un caveau profond où le jour pénétrait à peine, assez pourtant pour nous laisser voir la porte extérieure. Elle tombait comme la première sous la hache de nos soldats ; et le château de San-Paolo apparaît.

Ici le récit fut interrompu : on venait d'entendre du bruit sur le chemin ; et l'on redoutait d'être surpris dans un étroit espace par une troupe ennemie. On s'avança doucement derrière les arbres, pendant que deux guerriers allaient en avant pour reconnaître ceux qui dirigeaient leurs pas vers la ville.

C'étaient des gibelins, ont vit même l'un d'entre eux porté sur les bras de plusieurs guerriers ; et les guelfes ne doutèrent pas que ce ne fût le fils d'Antelminelli.

— « Voulez-vous, leur dit Poggio, que nous ven"
gions la mort du fils de Castracani : je vous donnerai ainsi une marque de l'intérêt que je porte à sa
famille. »

Les guelfes se disposaient à le suivre, lorsqu'un des
plus notables de la troupe, l'un de ceux qui avaient
trouvé Poggio sous le rocher, lui saisit le bras :

— Arrêtez, jeune homme, n'allez pas rendre odieuse
la cause de Castruccio. Quoiqu'il désavoue d'avance une
pareille conduite, nos ennemis ne manqueraient pas de
la faire valoir contre lui.

— Je m'accuserai moi-même, je dirai à la face de la
république que j'ai voulu venger son innocence, et
punir la cruauté d'Antelminelli.

— Castruccio ne veut pas de vengeance!... Sans
doute il n'a jamais hésité de défendre son parti, de se
défendre lui-même dans une agression injuste ; mais
s'il s'agissait de faire payer à ses ennemis, hors du
danger, tout ce qu'ils lui avaient fait souffrir, il nous
disait :

« Amis, point de vengeance!... notre cause serait
désavouée du ciel. S'il nous protége, sachons le bénir ,
s'il veut nous éprouver par l'affliction, remercions-le
de nous donner part à la condition de ses élus. »

— Quelle magnanimité! quels sentiments!... Jamais mes oreilles n'avaient entendu de pareilles paroles.

« Oui! je me rappelle les prières touchantes de signora Eléonore, lorsqu'elle suppliait les Gibelins d'épargner son père. Aucune parole de fiel ne s'éleva de sa
bouche contre eux. Des soldats pouvaient encore vendre
chèrement la captivité de son père : elle ne voulut pas
qu'on répandît un sang inutile.

« Eh bien! au souvenir d'Eléonore, je renonce, moi
aussi, à la vengeance; je veux qu'elle sache qu'il y a
sympathie entre son cœur et le mien.

Puis Poggio remit son épée dans le fourreau, et ra-
mena les guelfes sur les bords du Serchio.

IV

GÉNÉROSITÉ.

—

— J'ai laissé mon récit, continua Lupo, à l'appari·
tion des gibelins dans les cours du château de San Paolo.
C'est là le commencement de l'héroïsme de la noble fille
du chef des guelfes.

 » On avait entendu le bruit de notre arrivée : nos
ennemis déjà accouraient pour s'opposer à nous, et empêcher que tous nos soldats ne sortissent du souterrain.

Il y eut de part et d'autre une lutte vive et opiniâtre; mais le petit nombre des guelfes restés dans
le château ne suffisait pas pour contre-balancer notre
nombre. Nos premiers succès permirent à tous les
gibelins de venir partager nos efforts, et le sang coula
à grands flots.

« Vous me maudissez peut-être déjà au fond de vos
cœurs : car j'étais, moi aussi, parmi cette troupe ennemie qui venait renverser vos espérances. Mais rappelez-vous ce que j'ai dit pour apaiser votre ressentiment, souvenez-vous du langage que l'un de vous m'a
tenu tout-à-l'heure ; et surtout attendez que j'aie achevé
de parler.

« Les guelfes tombaient donc sous les coups des
gibelins ; ceux qui avaient échappé se retirèrent insensiblement vers les portes intérieures du château,
espérant y rentrer seuls et s'y retrancher; mais nous
les suivîmes de trop près, nous entrâmes avec eux sous
les vastes portiques ; et bientôt nos soldats remplissant
les degrés, se répandirent dans les galeries qui envi-
ronnaient les appartements de Castruccio. Les portes
encore ici frémirent sous le fer, elles tombèrent en éclats
sous les coups redoublés de guerriers excités par la
haine d'Antelminelli.

« Alors j'entendis d'autres portes s'ouvrir et se refer-
mer subitement : des pas se rapprochaient de nous, et
je vis une belle et jeune fille, dont le noble regard, empreint d'une tristesse inexprimable, annonçait d'avance
ce qu'elle avait à demander,

— « Chef des gibelins, dit-elle à Antelminelli d'une voix suppliante, épargnez mon père, respectez les cheveux blancs de Castruccio.

— « Ta voix, toute douce qu'elle est, répondit le cruel vieillard, n'est pas assez puissante pour arrêter les coups que m'inspire un devoir impérieux. Ne sais-tu pas que depuis long-temps mon âme est inaccessible aux charmes des beautés matérielles ?

— « A Dieu ne plaise que je me sois présentée devant vous pour tenter des piéges à votre cœur ! Non ! je suis venue vous demander la vie d'un homme qui n'a plus qu'un souffle ; je la réclame au nom de l'humanité, au nom de la religion, au nom de la reconnaissance, car vous aussi, vous avez été épargné par Castruccio ; pourtant son pouvoir était grand !...

« Et le visage d'Éléonore s'était empreint de grandeur et de majesté : le bonheur qu'elle ressentait d'avoir à parler de la générosité de son père, semblait lui faire oublier qu'elle demandait une faveur.

— « Tu veux m'imposer des obligations, reprend Antelminelli ! N'est-ce pas l'humanité qui m'ordonne de frapper le chef d'une ligue que les empereurs ont toujours trouvée rebelle, et qui sans mission a donné des lois à la patrie ?... Que me parles-tu de religion ? Jamais je ne me suis asservi à ses folles maximes. Puis encore tu m'opposerais la reconnaissance due à Castruccio !... Oui ! je lui dois de la reconnaissance pour

avoir long-temps ébloui de sa gloire l'éclat qui devait
environner ma famille; pour avoir excité dans le cœur
du peuple un profond mépris pour les gibelins!...
Les temps sont changés aujourd'hui! le peuple demande
sa mort.

» Et Antelminelli voulait avancer.

— » Sa mort! répéta la fille de Castruccio, arrêtez,
noble seigneur!... Ses derniers jours s'écouleront dans
la paix et le silence; il ne troublera plus vos triomphes!... Déjà il avait prié ses amis de choisir un autre
chef, voulant préparer son âme à l'éternité.

— » Castruccio peut-il vivre, et les gibelins n'avoir
plus à craindre?... Non !

« Il dit, et repoussant de la main celle qui faisait
effort pour l'arrêter, il donne ordre à ses soldats d'aller
plus avant.

» Alors Eléonore voulut les prévenir : elle courut à
l'appartement de son père ; elle le trouva agenouillé
devant le Christ, espérance et consolation du chrétien. Elle le contempla un moment, sans oser in-
terrompre sa prière . car elle était arrivée avant ses
ennemis. Mais, lorsqu'ils franchirent le seuil, elle
se jeta au cou de son père, elle l'étreignit dans ses
bras ; puis elle regardait les gibelins, comme pour les
défier d'oser lui ravir celui qu'elle aimait avec tant de
tendresse.

" Dès qu'Antelminelli vit Castruccio, son cœur ressentit une joie féroce ; et je vis même errer sur ses lèvres un sourire malin qu'il cherchait mal à dérober. Au lieu d'être ému d'un spectacle qui attendrissait tous . les soldats, il donna ordre qu'on saisît le guelfe et qu'on le chargeât de chaînes:

" Au nom de tout ce que vous avez de plus cher au monde, s'écria Eléonore, je vous supplie de ne pas me ravir mon. père ; laissez-le près de celle qui doit un jour lui fermer les yeux. Vous le voyez, les rides de son front annoncent que l'instant n'est pas éloigné.

— " Ce que j'ai de plus précieux dans le monde, dit froidement Antelminelli, c'est l'accomplissement de mes projets, et pour qu'ils soient remplis, il me faut...

— " N'achevez pas, interrompit la fille de Castruccio!... vous avez un fils, je le sais !... Si on voulait le dérober à votre tendresse, le verriez-vous d'un œil impassible emmené loin de vous ?...

— " Mon fils ? N'est-ce pas sous les murs de ce castel qu'il a été percé de deux flèches aiguës ?... J'ai vu couler son sang ; et je ne le vengerais pas !... J'ignore même ce qu'il est devenu !...

— " O mon Dieu ! soupira Eléonore avec l'accent du désespoir.

3..

— » Soldats, disait Antelminelli, pourquoi hésitez-vous, saisissez le chef de nos ennemis.

— » Non !... cria fortement Eléonore.

» Et ses yeux roulèrent égarés sous son front sillonné par les nuages ; et elle enlaça de nouveau ses bras autour du cou de son père.

— » Ordonnez, disait-elle, que nous soyons chassés du château qu'ont habité nos aïeux ; renversez-en les hautes tours, ou fortifiez-le plus encore pour le défendre ; mais laissez-moi mon père.

» A la vue d'un pareil dévouement, les guerriers hésitaient d'approcher du vieillard.

» Alors Antelminelli entra dans une violente colère :

— » Sont-ils des guerriers ces hommes qui se laissent intimider par les paroles d'une femme ?

— » Dieu le veut, ma fille, dit enfin Castruccio ; il me livre aujourd'hui à mes ennemis ; mais il ne tombera pas un seul cheveu de ma tête, qu'il ne l'ait permis. Cesse d'implorer la pitié là où elle n'est pas. »

» Puis, tendant ses mains aux soldats qui préparaient les fers, il adressa ces mots au chef gibelin :

» Si une fille pieuse a supplié pour ma vie, n'allez pas croire que j'aie redouté la mort. Mais si je m'étais opposé aux élans de sa tendresse, je me serais montré trop cruel; je savais d'avance que ses prières seraient inutiles; et la force de son amour m'empêchait de lui dire : Je suis heureux de mourir pour la cause que j'ai défendue.

« Cependant, docile à la voix paternelle, Eléonore s'était détachée de son cou ; et, jetant sur lui un regard plein d'amour, elle fit un effort sur son cœur pour s'imposer silence.

« Jusqu'alors je n'avais pas perdu un seul de ses gestes, un seul de ses regards ; sa nouvelle position a fixé plus encore mon attention. J'ai admiré sur ce front, tout à l'heure si triste, quelque chose que la voix humaine ne saurait dire, quelque chose qui tient du ciel et de la terre : l'espérance et la foi semblaient y briller d'un éclat divin. Oh ! combien j'aurais voulu entendre les mots qui s'échappaient de ses lèvres si pures ! combien j'aurais voulu lire dans ce cœur tendre et pieux !... Car ce que j'avais vu avait fait de moi un nouvel homme; je maudissais déjà la dureté de ceux que tant d'amour, que tant de dévouement, ne touchaient pas.

« Pourtant je n'étais pas à la fin du drame qui remuait en moi tout ce qu'il y avait de sensibilité.

« Castruccio est mené hors du château ; Eléonore quitte des lieux qu'elle n'espère plus revoir. Il est naturel à son amour de vouloir suivre son père, pour arrêter, s'il est possible; les traits les plus acérés de la vengeance.

« Mais Antelminelli déjà était fatigué de la vue de
cette fille généreuse; il ne pouvait plus supporter ce
visage, ces larmes, qui, excitant la pitié des guerriers, rendaient moins ardent leur zèle à suivre tous
ses projets. Il ordonna que la fille de Castracani fût
éloignée de son père, qu'on la retînt, malgré elle,
s'il était nécessaire, jusqu'à ce que la troupe qui
emmenait le vieillard eût disparu au loin derrière la
montagne.

— » Vous n'auriez pas de cœur, lui dit Éléonore, si
vous vouliez me priver du bonheur d'accompagner mon
père?... Ah! laissez-moi du moins aller partager sa
captivité!...

— » Sa captivité!... elle ne sera pas longue!... Reste-
là, si tu ne veux pas le voir mourir!...

— » Le cruel gibelin semblait se jouer de la douleur
de l'infortunée; elle comprit sans doute tout ce que ses
paroles renfermaient de fiel et de venin; mais s'oubliant elle-même pour ne songer qu'à son père, elle
persista à vouloir le suivre.

— » Si sa mort est résolue, dit-elle, permettez que je
sois près de lui à l'instant fatal; pour que mes yeux
rencontrent ses derniers regards, pour que mon cœur
recueille ses dernières paroles.

» Et elle se jeta aux pieds d'Antelminelli qu'elle bai-
gna de ses larmes.

— » Je te l'ai déjà dit, fille de Castruccio, répondit-il

d'une voix glacée : je suis insensible à toute séduction qui s'oppose à mon devoir.

— « Je ne vous demande plus que mon père vive, puisque vous avez décidé qu'il devait mourir !... Accordez-moi seulement de ne plus le quitter jusqu'à son dernier soupir.

« Antelminelli aurait voulu ne pas lui répondre, et la repousser loin de lui comme un objet incommode qui retardait sa marche; mais la pitié peinte sur tous les visages qui l'entouraient l'obligea à dissimuler sa colère.

— « Tu veux donc te faire prisonnière avec lui !... Il est rare que ceux qui sont entrés dans les cachots, en sortent pour aller ailleurs qu'à la mort. Songes-y, je ne pourrai pas te sauver, si le peuple demande ton sang.

— « O mon Dieu ! dit Éléonore, les yeux tournés vers le ciel, vous veillerez sur ceux qui me survivront, sur les autres objets de ma tendresse !...

« Et regardant Antelminelli :

— « Je mourrai avec mon père !... Du moins notre sort sera commun comme notre amour !... Qui pourra me reprocher d'avoir voulu le suivre à la mort ?... »

— « Tu veux mourir, dit d'une voix faible et embarrassée le gibelin que préoccupait une autre pensée : car ce n'était pas par compassion pour elle qu'il lui montrait des périls ; il redoutait pour lui-même, à Lucques, la présence d'une jeune personne dont les cœurs les plus durs auraient plaint le sort ; il redoutait que cette pitié ne se reportât ensuite sur l'homme dont la mort tardait trop au gré de ses désirs.

« Je ne fais pas la guerre aux femmes, continuat-il. Va-t-en, cesse des prières inutiles que je ne puis plus entendre. Ton attachement pour ton père t'égare : oublies-tu que d'autres liens précieux t'attachent à la vie ?

» Je ne compris pas de quels liens voulait parler Antelminelli, puisque j'ignore encore quels sont les membres d'une si noble famille. Mais ce qui ne m'échappa pas, ce fut le trouble qui parut sur le visage de notre chef, et la douleur inquiète qui se manifesta plus vive sur celui d'Éléonore.

» Elle jeta encore un regard vers le ciel ; puis laissant Antelminelli, elle courut vers son père :

— » Je le suivrai, dit-elle, je mourrai avec lui.

» Castruccio, depuis si long-temps, aurait voulu se faire entendre à sa fille ; mais un trop large espace les avait séparés l'un de l'autre. Aussitôt qu'il la vit à la portée de sa voix, il parla à son cœur d'une manière sensible et touchante, pour la détourner de son projet. Du moins c'est là ce que me firent comprendre, du lieu où j'étais, les larmes d'Éléonore, et le changement subit qui s'opéra dans sa résolution. Elle s'arrêta, chrétienne résignée ; et dans la crainte que la piété filiale ne la fit revenir à son premier dessein, deux soldats furent chargés de veiller sur elle, et d'empêcher qu'elle ne suivît derrière nous le chemin de Lucques.

» Pour moi que tant de dévouement, que tant d'amour avaient touché, je ne pus que mépriser la cause de ces hommes qui avaient des cœurs plus durs que le marbre. Je songeai à abandonner Antelminelli, avant de rentrer dans la ville; et m'arrêtant presque inaperçu derrière les rochers qui bordent la route, je restai là jusqu'à ce que mes compagnons eussent disparu. Alors je songeai à me rendre utile à celle dont j'avais plaint la douleur, je songeai à lui dire à elle-même ce que j'étais résolu de faire pour sauver son père. Je revins vers les lieux où on l'avait laissée; mais elle avait disparu, et je ne pus savoir où elle avait porté ses pas. Il était déjà nuit, je cherchai une retraite : mon corps, épuisé des fatigues du jour, avait besoin de repos. Deux d'entre vous ont vu la caverne où la pierre qui tenait lieu d'oreiller à ma tête a moins contribué que l'agitation de mon âme à éloigner le sommeil de mes paupières; si je commençais à dormir, des circonstances affreuses retracées dans de pénibles rêves, me réveillaient en sursaut pour me rendre au triste souvenir de ce que j'avais vu durant la journée.

— « Pour vous, si vous savez ce qu'est devenue la fille de Castruccio, dites-moi le lieu de sa retraite, afin que j'aille l'assurer de l'attachement que j'ai voué à la cause de son père.

— » L'infortunée! dit l'un des guelfes; nous ignorons

où la nuit l'aura surprise. La douleur peut-être lui aura
fait négliger le soin d'elle-même ! si nous savions quel
lieu est témoin de ses larmes !...

— « Venez la chercher avec moi. Les premiers rayons
de l'aurore commencent à briller dans la vallée ; nous
n'aurons plus besoin de torches pour traverser la forêt.
Ainsi nous sera-t il plus facile d'échapper à l'œil de nos
ennemis : car ils veillent sans doute du haut des tours
de San Paolo ; plusieurs peut-être aussi sont chargés de
faire la ronde autour des murs.

— « Ceux qui occupent le fort ne sont pas à redouter. Ce sont nos amis : c'est l'époux d'Éléonore...

— « L'époux d'Éléonore sera comme elle mon ami.
Je jure que je vengerai leurs disgrâces, et que si le
sang de Castruccio rougit le glaive d'un gibet, ce sang
sera vengé.

« Comment l'époux d'Éléonore a-t-il repris le château ? Dites-le-moi, car je m'intéresse à présent à tout
ce qui regarde votre cause ?

On lui raconta ce qui s'était passé après le départ
d'Antelminelli, surtout la douleur du gendre de Castruccio.

Il leva son glaive pour confirmer encore ses promesses, puis il s'écria :

Allons, amis ! il faut que, avant le jour, nous ayons
rencontré la fille de Castruccio.

Il dit, et tous les guerriers se dirigèrent vers la montagne sur laquelle était assis le château, pour en visiter
toutes les sinuosités.

V

L'INCONNU.

—

Pendant que les hommes s'agitaient, les uns pour perdre le chef d'une illustre famille, les autres pour le sauver, au moulin du Serchio le repentir remuait violemment une âme.

— La malédiction du ciel va tomber sur nous! disait à sa femme le meunier qui avait montré aux gibelins la voie secrète qui menait à San-Paolo. Nous serons à tous un objet d'horreur ; et lors même que nos dépouilles mortelles seront renfermées dans une tombe, on n'oubliera pas le crime que nous avons commis.

— Tais-toi donc, insensé, lui répétait son épouse. Dieu nous punira-t-il d'avoir fait ce qu'on a exigé de nous l'épée sur la gorge.

— Mieux valait mille fois mourir que de commettre un si grand mal, que de trahir celui qui m'avait donné sa confiance !... Je ne résisterai pas aux remords : je sens qu'un poids affreux m'accable, j'entends au fond de mon âme une voix qui me crie : tu as trahi, perfide !

— As-tu donc cessé d'aimer le noble maître de San-Paolo ? N'es-tu pas toujours attaché à ses intérêts ? Que pouvais-tu contre tant de soldats armés ?

— Mon Dieu ! peut-être déjà leur épée est teinte de son sang, peut-être la bonne signora a succombé près du père qu'elle chérit, peut-être tous les amis de Castruccio ont péri par le fer ; et c'est moi qui les ai livrés, moi à qui naguère le génereux Cénami faisait les plus belles promesses !...

— Et tu aurais voulu, pour les sauver, sacrifier ton enfant, sacrifier ton épouse, te sacrifier toi-même !...

— Du moins je n'aurais pas péché contre ma conscience, du moins je serais mort en homme généreux, je serais mort innocent !... Nulle tache ne souillerait le nom du meunier du Serchio !...

Et ses yeux s'égaraient, et sa voix prenait un accent indicible de désespoir. Puis il tomba sur son lit, en poussant un cri déchirant. Une sueur glacée couvrait son visage; et sa femme, désespérée, se tenait près de lui, ignorant le moyen de le ranimer.

Elle était occupée près de lui dans une angoisse extrême, lorsqu'un léger bruit, entendu à la porte, l'arracha à la contemplation inquiète de ses yeux fixés sur le front de son époux.

« Qui viendrait ici, se dit-elle? Serait-ce encore de ces hommes cruels qui veulent qu'on obéisse malgré la conscience, de ces hommes qui se jouent de la vie du faible, qui frappent ou respectent selon leurs caprices? S'ils venaient encore arracher de moi un secret, je serais moins traitable maintenant : que m'importe la mort, puisque mon époux ne peut plus vivre?... Qu'ils entrent, je leur montrerai ce qu'ils ont fait de l'homme que l'amour conjugal a forcé de se parjurer!...

Un coup plus fort qui, de la porte, retentit dans la chaumière, un soupir léger qui suivit, fixèrent encore son attention. Cette fois, elle saisit la lumière, car il était déjà nuit; et se dirigea vers la porte. Elle l'ouvrit sans hésiter: la douleur lui faisait oublier les plus simples précautions. Quel fut son étonnement de voir un jeune homme revêtu de l'habit ecclésiastique !

— Signor, lui dit-elle, qu'est-ce qui vous amène si tard ici

— Les portes de Lucques sont fermées, et on ne veut les ouvrir à cette heure, répondit l'étranger qui cachait une partie de la vérité, dans la crainte d'être reconnu Sans doute, ajouta-t-il, les discussions des guelfes et des gibelins sont cause de cette vérité.

A ces mots, Clara poussa un profond soupir. Oh ! n'êtes-vous pas plutôt, dit-elle, un ange du ciel qui vient consoler une famille affligée?... Mais que dis-je? cette maison serait-elle digne de le recevoir?... Arrêtez, signor, lorsque vous saurez ce qui s'est passé ici, vous fuirez une maison maudite !...

L'étranger regardait avec étonnement le visage défait de celle dont il ne comprenait pas le langage.

— Non, ma bonne, reprit-il, je ne fuirai pas d'ici : la mission d'un prêtre est de consoler.

— Le chagrin, les soucis égarent mon esprit !... Entrez vite, signor ! car mon époux se meurt.

Et elle courait vers le lit du pauvre homme.

« Signor, reprit-elle, rendez-le à la vie !... l'infortuné! c'est moi qui suis cause de l'état où vous le voyez?

Le meunier avait aperçu près de lui un homme dont l'habit annonçait un de ceux qui assistent les mourants :

— Pourquoi votre présence ici, dit-il, homme de Dieu!... Vous êtes venu pour assister à la mort d'un damné!...

— Qu'avez-vous dit, interrompit le prêtre? Peut-on désespérer de son salut, tant qu'on conserve un souffle de vie?... Non!... D'ailleurs. pourquoi vous voir si près du tombeau? il reste dans votre corps trop de force et de vigueur!

— Vivre encore, moi! ce n'est pas possible ; je ne pourrais plus supporter une vie déshonorée, une vie remplie de remords!... Ah! plutôt laissez-moi mourir à présent, laissez-moi subir la peine que mérite mon crime. Une éternité de supplices n'est pas trop pour un si grand coupable; et il ne saurait l'éviter.

— Votre faute demande une grande expiation, mais ne doit pas vous désespérer. Si vous en reconnaissez toute la noirceur, regardez comme un juste châtiment le déshonneur qui semble devoir vous atteindre, et le remords qui vous poursuit ; et revenez au Dieu qui vous les envoie pour vous ramener au repentir.

Les paroles du prêtre avaient été si douces, si persuasives, qu'elles avaient rétabli dans l'âme du meunier tout le calme possible à sa position.

— Savez-vous, lui dit-il, des nouvelles du noble Castruccio Castracani ?

L'étranger comprit, à la manière dont ce nom fut prononcé, que le pauvre homme avait des torts à se reprocher envers lui.

— Antelminelli, répondit-il, l'a emmené dans Lucques. On espère que la providence veillera sur lui. Il est d'ailleurs si aimé du peuple !

— C'est précisément cet amour qui fera sa perte. On voudra le dérober le plus tôt possible aux yeux de ce peuple qu'il a comblé de bienfaits : Le souvenir de sa générosité pourrait, à la longue, lui rendre l'amitié de ceux qui se sont joints à ses ennemis. Oh ! il ne survivra pas !

— Si Dieu le veut, malgré les pensées des hommes, il ne lui sera fait aucun mal.

Ces paroles, toutes de charité, que l'homme qui les avait prononcées n'espérait pas lui-même voir se réaliser, ne parvinrent pas à faire descendre dans l'âme du meunier la douce espérance. Ses yeux se remplirent de larmes, et le prêtre le pressa contre son cœur pour cacher les siennes, ou du moins les faire attribuer à la seule sympathie.

Puis, lorsqu'il détacha ses bras de son cou, il fut étonné de le voir pleurer avec calme. Ce n'était plus les larmes de l'amour-propre désespéré, mais celles du repentir chrétien.

— Vous avez dessillé mes yeux, dit le meunier au prêtre, je ne voyais dans le crime que j'ai commis que l'opprobre qui devait le suivre, et mon âme se livrait au désespoir. A présent que votre voix si douce a calmé l'émotion trop vive qui l'agitait, je reconnais les choses telles qu'elles sont, je découvre le devoir que me dérobait un vain orgueil. Oui, je pleurerai ma faute, je la pleurerai toute ma vie ; mais j'espèrerai le pardon du ciel.

— Oh ! oui, je me rappellerai toute ma vie le bienfait que je reçois de Dieu par vous ; et surtout je suivrai vos conseils. Je ne désespèrerai plus de mon salut, puisqu'il est honorable à Dieu que celui qui a péché se repente et expie son crime. C'est d'ailleurs par la tranquillité de l'esprit que je serai mieux à même de réparer mes torts à l'égard du noble chef des guelfes, l'illustre Castruccio-Castracani. Car apprenez, ô prêtre, que c'est moi qui l'ai livré à ses ennemis, que ces mains leur ont découvert l'entrée du souterrain qui, d'ici, aboutit au château. Je lui devais beaucoup pourtant. Malgré les bons principes que j'avais reçus d'un ecclésiastique de Florence, je m'étais livré à l'amour du jeu, le saint état auquel on me destinait se trouva interdit à mon avenir. Il ne me restait plus que la misère, une misère extrême, sans espérance de me relever de ma chute : eh bien ! le généreux maître de San-Paolo m'accueillit avec bonté, me montra l'utilité d'une vie active et laborieuse, et me détermina à travailler dans une condition humble, puisque je m'étais rendu indigne d'un meilleur sort. Après avoir plusieurs années mérité sa confiance, je reçus de lui ce moulin avec le secret du souterrain qui y a son entrée.

« C'est cet homme que j'ai trahi !... »

Tout ce discours faisait mal à l'aimante Clara : elle supportait avec peine l'humiliation que s'imposait son époux, sans l'accuser elle-même, elle qui l'avait contraint à prévariquer.

— Il n'est pas coupable, lui, interrompit-elle! C'est moi, moi seule qui dois être maudite pour le forfait qu'il s'impute. Il était généreux comme son bienfaiteur; on lui avait montré le crime ou la mort : il avait choisi celle-ci. C'est moi qui, les larmes aux yeux, me jetai à ses genoux, et le suppliai d'avoir pitié de son pauvre enfant, d'avoir pitié de son épouse, qu'un triste abandon allait plonger dans le plus affreux malheur!

Ces aveux n'avaient pas manqué de produire une impression terrible sur le cœur du prêtre; mais l'habitude qu'il avait contractée de bonne heure de modérer les premiers mouvements de son âme empêcha qu'on ne reconnût en lui aucune émotion de douleur. Il regardait paisiblement le meunier et son épouse, et les écoutait avec une patience pareille à celle qui au ciel attend le retour des pécheurs. Puis lorsque Clara eut achevé de parler :

— Vous voici, dit-il, agités l'un et l'autre par l'ex-

cès des sentiments de vos cœurs, vous, surtout, homme
infortuné qui avez recouvré l'espérance. Prenez garde
de ne pas laisser entraîner votre âme par de violentes
pensées, par des pensées de vengeance : elles vous pré-
cipiteraient infailliblement dans l'abîme ouvert tout-à-
l'heure devant vous. Rappelez-vous toujours de la justice de Dieu, mais n'oubliez pas sa bonté, et lorsque
vous aurez péché, regardez-le comme un père qui ne
rejette pas ceux qu'il a créés, quelque coupables qu'ils
puissent être, pourvu qu'ils soient touchés d'un sincère
repentir.

Le meunier et son épouse n'osèrent parler, après
qu'une voix si sainte avait retenti comme celle d'un
ange ; le prêtre fit la prière du soir ; et on l'introduisit
dans une pièce voisine où il devait passer la nuit.

A peine l'aurore brilla dans la plaine, que, impatient d'entendre la voix du prêtre, de le voir lui-même,
le meunier vint près de son lit, comme s'il eût voulu
s'assurer que le repos de la nuit avait adouci la fatigue
du jour ; mais sa surprise fut grande de ne plus voir
son bienfaiteur. Pour se dérober aux témoignages de la
reconnaissance, l'étranger s'était levé avant le jour, et
avait fui par une porte qui s'ouvrait par derrière la
chaumière.

VI

LE CADAVRE D'UN FRÈRE.

———

Les compagnons de Luppo de Poggio avaient fait deux fois le tour de la montagne de San-Paolo, sans pouvoir rencontrer l'épouse de Cénami ; alors l'un des guelfes, songeant à la rencontre qui avait eu lieu entre le fils de Castracani et celui d'Antelmini, leur rappela la mort funeste de Robert, et son cadavre gisant peut être encore dans la plaine.

« Allons de ce côté, dit Lupo ; nous le prendrons
sur nos bras, et le rendrons à sa famille et à la sépulture de ses pères. Car je suis à vous, amis ; il me semble
avoir donné des preuves suffisantes d'amitié. Que le
nom de Poggio, qui jusqu'à ce jour n'a été porté que
par de fiers gibelins, ne vous effraie plus dans ma personne : j'y renonce. Le nom de Lupo distinguera mieux
l'audace avec laquelle je ne craindrai pas de défendre
votre parti.

Cependant ils descendaient la pente verte de la montagne, tournant leurs regards du côté où devaient être
les restes de l'infortuné Robert, lorsqu'ils aperçurent
quelque chose qui se mouvait vers ce lieu, et un voile
blanc qu'agitait la brise légère. Ils pressèrent la marche.

Ce voile était celui d'Eléonore. La fille de Castruccio,
désespérée de la perte qu'elle avait faite d'un père chéri,
avait d'abord erré dans la campagne, sans savoir de
quel côté diriger ses pas. Elle ne songeait même pas à
chercher un asile pour la nuit. Après quelque temps
d'une sombre inquiétude, elle se mit à genoux au pied
d'un arbre ; et élevant ses deux mains vers le ciel :

Vous m'avez, dit-elle, tout enlevé aujourd'hui, ô mon
Dieu !... J'avais un père que j'aimais, vous l'avez dérobé
à ma tendresse, et les méchants vont, je n'en doute pas,
le mener à la mort !... Séparée de l'époux dont l'affection
m'est si précieuse, puis-je espérer de le revoir ! Déjà
peut-être est-il tombé sous le fer gibelin ; et vivrait-il

encore : il voudra venger mon père, il voudra lui-même courir à la mort !... Et Robert, ce frère au caractère généreux mais irascible, qui ne redoute pas le danger, et va même le chercher là où il est le plus imminent, n'aura-t-il pas été moissonné?... J'avais un autre frère, il s'est dévoué à Dieu ; qui sait où sa providence l'appellera? Mon Dieu ! me voici seule avec un enfant, peut-être orphelin !... Protégez-le, vous qui êtes le père de ceux qui n'en ont pas, que celle dont j'ai reçu la foi le préserve des piéges de ses ennemis.

« Je suis bien triste, ô mon Dieu ! Ah ! donnez à mon âme la force de supporter tant de revers. C'est vous qui y avez placé la piété filiale, celle d'une épouse, celle d'une sœur, celle d'une mère !... Faites que cette affection soit toujours pure et sans tache, que je n'aie dans le cœur aucune haine pour nos ennemis.

« O mon petit Léonce, combien je voudrais à cette heure te presser sur mon sein ! Combien il me serait doux de voir tes jolis yeux, où était empreinte la noblesse d'âme de ton aïeul, cette bouche qui ne sait que sourire, ce front blanc comme l'innocence ! Mais, non ! on l'a emporté loin de moi : on a voulu le soustraire à mes ennemis, et on l'a dérobé à mon amour !...

« Mon Dieu ! voici un sacrifice ? Pourrais-je supporter cette privation, si vous n'aidiez ma faiblesse ?...

Elle dit, et se levant un peu fortifiée par la prière, elle se mit à parcourir la campagne, cherchant une ferme où elle trouvât des amis.

4.

« Je passerai là la nuit, se disait-elle: et puis demain.... »

Elle ne pouvait donner cours à sa pensée, ignorant
ce que la Providence lui réservait pour le retour de
l'aurore.

Mais soit que la douleur la préoccupât trop encore,
soit que l'obscurité de la nuit lui dérobât des sentiers
qu'elle connaissait, elle fit beaucoup de chemin sans
trouver une pauvre chaumière : pourtant ses pieds
avaient foulé souvent le gazon de la plaine; et l'humble toit de chaume y avait été bien des fois témoin de
sa charité.

Déjà la nuit était fort avancée, qu'elle errait toujours
dans l'ombre entre les haies épaisses qui bordaient les
chemins. Enfin elle arrive vers un lieu plus élevé où la
faible lumière des étoiles répand sans obstacle une douce clarté. Son âme semble sortir d'une profonde rêve-
rie : elle jette les yeux autour d'elle; puis elle regarde
le ciel où brillent parmi l'azur les astres de la nuit.

« Si ce que nous voyons ici-bas, pensa-t-elle, est si
beau, combien doit être magnifique le séjour de la
gloire éternelle !... Oh ! que la vie est amère ! que le
ciel est préférable !... Si mon époux, si mon frère ont
péri, si mon père doit mourir, si le malheur est réservé à mon enfant, mon Dieu, appelez-moi bien vite à
vous. Je les verrai heureux au sein du bonheur que
vous préparez aux âmes vertueuses : car j'espère

qu'avant de mourir, ils auront tourné vers vous leur
dernier regard ; et puis la cause qu'ils ont défendue est
la vôtre. Je laisserai mon petit Léonce ; mais s'il doit
être malheureux, la vie ne me serait-elle pas un supplice cruel ? Privé de sa mère, il trouverait dans vous
un plus puissant appui. »

Elle avait à peine achevé, que portant ses regards
vers la terre, elle reconnut de larges taches qui res-
semblaient à du sang répandu depuis peu. Un frissonnement glacé la saisit. Elle suivit la trace horrible ; et bientôt ses yeux aperçurent un cadavre. Un
cadavre !... Sa pensée se porta d'abord sur ce qu'elle
avait de plus cher, sur son époux, sur son frère, et
comme si le ciel eût voulu mettre le comble à l'épreuve,
la lune commença à briller dans le firmament.

« Mon époux ! mon frère ! disait-elle en s'avançant
avec crainte, oh ! si c'était l'un de vous !... Mon Dieu,
soutenez mon courage !... C'est lui ! C'est Robert !
c'est l'infortuné fils de Castruccio ! il a précédé son
père dans l'éternité !... O mon frère ! tu es mort loin
de tes parents chéris, tu es mort sans avoir reçu leurs
derniers embrassements, sans leur avoir fait les derniers adieux !... Il est noyé dans son sang ! la plaie a dû
être profonde !

Elle s'était baissée vers lui ; elle écartait ses blonds
cheveux répandus sur son visage ; puis elle posa sur son
front livide un baiser plein d'amour ; et comme si elle
eût pu, par ses soins, le rendre à la vie, elle chercha

sa blessure. Deux énormes ouvertures parurent sur ses flancs : l'une plus élevée et en arrière annonçait que Robert avait reçu le coup ou en fuyant, ou de la main d'un traître. La dernière pensée eut l'avantage dans l'esprit d'Éléonore : elle savait que son frère n'était pas homme à fuir devant le péril.

« Il a été trahi, s'écria-t-elle ! des amis perfides, un gibelin caché sous l'habillement des guelfes l'a frappé par surprise ! Mon frère, avant de mourir, lui as-tu pardonné ?... Je suis portée à le croire, mon Robert ; tu étais vif et bouillant, mais ton âme était noble et généreuse ; surtout tu étais chrétien. Si l'impatience ou la vivacité t'emportaient quelquefois au-delà des bornes du devoir, tu ne tardais pas à reconnaître ta faute, à demander pardon à Dieu ! Que de fois aussi as-tu épargné les ennemis de notre famille, lorsque tu aurais pu facilement venger nos injures !...

Éléonore avait jeté les yeux autour d'elle pour chercher un lieu plus commode où elle pût placer son frère jusqu'au retour du jour ; elle aperçut un gros chêne. Saisissant alors des deux mains les bras de Robert, elle le souleva contre ses genoux, et le traîna, comme elle put, vers le grand arbre, dont les rameaux lui semblaient devoir le protéger. Du moins ici sa tête était appuyée, et il avait une attitude moins affreuse. Elle contempla de nouveau ce visage où naguère elle avait vu toute la force de la jeunesse ; et, prenant son mouchoir blanc, elle essuya le sang qui dérobait une partie des traits.

« Mon frère! mon frère! redit-elle encore. Comme ses yeux sont éteints!... Comme sont front a perdu sa majesté!... Mais pourquoi regretter pour lui les avantages de la terre? Que sont tous les biens, tous les trésors, puisqu'il faut les quitter, puisque la mort les enlève au moment peut-être où l'on y cherche le bonheur!... Je ne te verrai plus ici-bas me souriant avec amitié, ô mon Robert ; mais là haut nous nous retrouverons, je l'espère !... Tu aimais bien le bon Dieu ; chaque matin tu priais avec nous, et le soir nos vœux s'élevaient ensemble vers le ciel. Tous les jours tu repassais dans ton esprit tes pensées, tes paroles, tes actions, tu demandais grâce pour les fautes, et de fermes résolutions venaient te fortifier pour l'avenir !... Oui, ton dernier soupir aura été vers Dieu, j'en ai la douce confiance. Ah ! si tu avais eu près de toi le Crucifix, si tes mains avaient pu le saissr, tu n'aurais pas manqué de le porter à tes lèvres, de le presser sur ton cœur, pour expirer avec lui!... Tu l'aurais fait, mon frère, persuadé que le corps qu'aurait sanctifié cette image divine, ne serait pas réservé aux flammes éternelles.

Elle dit, et tirant de sa poitrine la croix qu'elle ne quittait jamais, elle la porta vers ses lèvres éteintes :

« Que ta bouche du moins la presse, continua-t-elle; ton âme, du lieu où elle est, consent à çet acte de piété, ton âme fait l'acte d'amour. »

Puis posant le Christ sur la poitrine de Robert,

elle s'agenouilla sur le gazon, et se mit à prier avec ferveur.

Elle était depuis long-temps dans cet état, ne s'apercevant pas des premiers rayons du jour, lorsque le, bruit des pas d'un homme se fit entendre près d'elle ; et ce bruit se rapprochait sensiblement.

« Quelle que soit la personne qui vient à nous, se dit-elle, elle aura pitié de mon frère ; et nous l'emporterons dans la plus proche chaumière. »

Celui qui marchait venait de s'arrêter subitement non loin de l'arbre ; car il avait vu le cadavre et la personne qui veillait près de lui.

« C'est mon frère ! dit Éléonore, ne craignez pas ! Approchez, ô homme ! qui que vous soyez, vous aurez pitié d'un infortuné !...»

Cette voix n'était pas inconnue à celui dont l'émotion et la crainte avaient arrêté les pas, il resta immobile, sans réponse.

« C'est elle, c'est son frère, » se disait le meunier du Serchio : car c'était lui qui de bonne heure était sorti du moulin, espérant savoir des nouvelles du prêtre qui avait fui.

« Mon Dieu ! oserai-je approcher de cette noble dame, dont le cœur m'est connu ? Ne frémira-t-elle pas si elle sait que c'est moi qui ai livré son père à ses ennemis,

qui suis cause peut-être aussi de la mort de son frère ?
Et pourrais-je d'ailleurs le lui cacher ? la force du remords m'obligera à rompre le silence en présence de
celle que j'ai accablée de maux malgré les bienfaits. »

— Vous avez horreur d'un cadavre, reprit Éléonore !
Venez, je vous en conjure, je voilerai son visage, et
vous ne verrez pas ce que la mort a d'affreux. !... Venez, nous l'emporterons ensemble, avant que les ennemis de Castruccio ne viennent s'opposer à sa sépulture !

— Je suis le gardien du moulin de Serchio, s'écria
d'un ton de désespoir le meunier !

— Et vous redoutez la fille de Castruccio, de votre
ami ! Approchez, Pelti.

Cette parole fut pour lui comme la pointe d'un glaive
qui perça son cœur, il pâlit; et s'approchant d'Eléonore,
il se jeta à ses genoux :

— C'est moi, dit-il, qui ai plongé votre famille dans
le deuil ! C'est moi qui ai introduit vos ennemis à San-
Paolo !

— Et que vous avions-nous fait ?

— Du bien, rien que du bien.

— Oh ! vous aviez reçu quelque outrage! sans le savoir,
peut-être vous aurais-je offensé ?

— Je n'ai reçu de vous que des bienfaits, je n'ai entendu de vos lèvres que des paroles amies, et je vous ai
trahis !. .

Les sanglots le suffoquaient ; Eléonore pleurait aussi ,
mais ces larmes étaient à demi éfouffées par l'émotion que
lui faisait éprouver l'aveu de cet homme.

« Ces mains , reprit-il , oseront-elles à présent toucher
une personne dont la mort est mon œuvre ?... Non je n'ai
pas horreur de le voir ; mais je frémis à la pensée de
mon crime!,.. Je fuis, je vais loin de vous, loin des personnes à qui ma vue est cruelle, pleurer et gémir ; je vais
cacher ma honte et mon opprobre. »

Et il voulait s'en aller, mais Eéléonore le retint par le
bras :

« Vous resterez ici , vous m'aiderez à emporter mon
frère. Vous êtes repentant d'un crime que d'ailleurs je
ne puis comprendre : vous vous jugez coupable ; peut-
être n'avez-vous fait que céder à la force !. . Ne pleurez
plus, je vous pardonne... »

Elle fut interrompue par le bruit d'une troupe de guerriers dont les armes reflétaient jusque sur le cadavre les
rayons naissants du soleil.

Après un moment d'hésitations, elle s'écria :

« Si c'était des gibelins !... Mon Dieu ! veillez sur ce
frère chéri ! »

— Je le défendrai jusqu'à la mort, s'il le faut, dit
le meunier !... Du moins , avant de mourir j'aurai
fait quelque chose pour la famille du noble Castruccio.

Déjà les soldats étaient sur la route.

« Voici l'épouse de Cénami, crièrent plusieurs voix !... »

« Voici le perfide meunier du Serchio, crièrent quel. ques autres. »

— Traître, dit le chef de la troupe, pourquoi as-tu livré Castruccio ?

— Je suis coupable, répondit l'infortuné !... Oui, je suis un traître, frappez-moi.

— Maintenant que tu vois le danger, tu t'humilies comme au moulin, afin qu'on ne te fasse pas de mal ; mais un traître doit périr : la crainte de la mort ne peut excuser la perfidie.

Le meunier gardait le silence, décidé à subir tranquillement la peine de son crime ; et un guelfe s'avançait vers lui le glaive nu.

— Au nom de Castruccio, dit Eléonore, ne touchez pas à cet homme ; tout-à-l'heure j'ai vu couler ses larmes, et je suis assurée qu'elles étaient sincères. Vous le voyez vous-mêmes, il se livre à vous sans frayeur.

— Vos bontés, reprit le chef guelfe, l'ont trouvé insensible : il a osé trahir ceux qui l'avaient comblé de bienfaits ! pourrez-vous jamais vous fier à lui ?... Non, nous ne saurions l'épargner ; il est de notre devoir de délivrer la famille de Castruccio d'un ennemi plus terrible que des soldats armés.

ÉLÉONORE   5

« Un traître ! un traître !... Oh ! sa vue me fait horreur !... »

Et se tournant vers les siens :

« Frappez, je vous l'ordonne. »

— Non ! s'écria Eléonore, vous me percerez auparavant.

Et elle lui faisait un rempart de son corps.

Jusqu'alors Lupo de Poggio s'était tu, voulant admirer la générosité dont ne manquerait pas de faire preuve
en cette circonstance la fille de Castruccio ; mais, lorsqu'il voit briller sur son front cet air de majesté impo-
sante auquel rien ne peut résister, lorsqu'il voit ses
paupières tout-à-l'heure humides de larmes et à demi-
fermées, s'ouvrir avec vivacité, et découvrir dans un
regard de feu la magnanimité de son âme, il ne peut
se défendre de parler en faveur d'un pareil dévouement.

— Cette nuit même, guerriers, dit-il, vous m'avez
interdit de frapper un ennemi, en m'opposant le nom
de Castruccio ; eh bien ! au nom de sa fille, au nom
de la généreuse signora Eléonore, je vous prie d'épargner cet homme. Qu'on ne le redoute plus : je vois le
remords peint sur son visage, il me semble lire dans
son cœur ; et la conscience lui reproche un crime bien
noir ; car lui aussi est né généreux. Il a été égaré par la
tendresse conjugale ; il est à plaindre, car il a beaucoup
souffert !...

— Quel est ce noble guerrier, reprit Eléonore, qui défend les droits de la fille de Castruccio ? Je ne l'avais plus aperçu dans nos rangs !

— C'est un ami, répartit Lupo, que s'est fait votre grand cœur, votre piété filiale !,.. Quant à mon nom, il vous fera peut-être horreur, car il est celui d'une famille puissante parmi les gibelins. Pourtant elle n'a jamais approuvé les fureurs d'Antelmin elli.

Il dit, et s'approchant de l'épouse de Cénami, il lui baisa la main, pour sceller l'alliance qu'il faisait avec la famille Castracani.

« Dès ce jour, reprit-il, vos intérêts, signora, seront les miens. »

Eléonore alors songeant à retirer son frère d'un lieu où ses restes étaient exposés à l'outrage, pria les guerriers de le porter dans le hameau voisin, où pourraient lui être rendus les derniers honneurs.

Vous ignorez, interrompit le chef guelfe que San-Paolo est rentré en notre pouvoir : c'est votre époux qui, hier, après le départ d'Antelminelli, en chassa les gibelins.

On vit un éclair de joie briller sur le visage d'Eléonore ; mais ses yeux, en se reportant sur le corps de son frère, reprirent leur tristesse, et elle dit :

« N'allons pas nous exposer avec ces restes précieux sur le chemin de la montagne où nos ennemis déjà peut-être sont à épier une occasion de vengeance. Allons au

5.

hameau ; et vous irez dire à Cénami que je suis près de
mon infortuné Robert. Puis comme plusieurs soldats se
disposaient à se charger de ce fardeau précieux : »

« Qu'est-il besoin de tant de monde, dit Lupo? et en-
veloppant le cadavre de son manteau, il le prit dans ses
bras ; puis se tournant vers Eléonore. »

« Agréez, signora, la première marque de l'amitié
qui m'unit à votre famille. »

Un soupir et un signe de tête furent toute la réponse
de la sœur de Robert.

Le vigoureux Lupo avait déjà roidi ses bras avec force, et placé sur ses épaules le fils de Castruccio.

Eléonore, puis les guerriers, suivaient en silence.

Pour le meunier, honteux de son crime, il n'osa rester plus long temps avec des hommes qui le connais-
saient ; et pendant qu'on était occupé autour du cadavre,
il s'était éloigné sans rien dire, pour cacher son trouble
et ses larmes.

VII

LE DÉVOUEMENT.

——

Inquiet sur le sort d'Éléonore et de son beau-père,
sur celui des guerriers sortis avant la nuit, Cénami
était incertain sur ce qu'il avait à faire. La première
émotion de la veille avait disparu : il voyait bien
tous les malheurs qui la menaçaient ; mais il avait
alors assez de force d'âme pour y penser sans accable-
ment, pour réfléchir aux moyens de porter remède à
tant de maux.

« Que faire, se disait-il, irai-je avec les soldats qui
me restent assiéger Lucques ? Ce serait un acte de témé-
rité, qui n'aboutirait à rien ; et mes ennemis gagne-
raient du temps. Peut-être même la vue de nos armes
irriterait-elle leur fureur, et pour une légère espérance,
nous exposerions notre cause à un grand danger... Non,
nous sommes trop faibles !... Pourtant, dans quelques
jours seulement, les Florentins doivent nous envoyer
des secours : ils ne trouveront parmi nous que des
ruines ; et le père d'Éléonore sans doute aura péri !...
Faut-il que je parte pour Florence, que j'aille réveiller
le zèle de nos alliés, et leur montrer perdu la cause
qu'ils défendent, s'ils ne viennent au plus tôt abaisser
l'audace des fiers gibelins ?... Ce parti serait utile ;
mais puis-je en ce moment quitter San-Paolo ? J'ai bien
des hommes dévoués pour le défendre, des hommes
sages pour diriger une défense ; mais quelquefois entre
eux, j'ai vu surgir des différents au sujet de la pré-
séance : ils n'ont de confiance qu'en la famille de Castracani. N'ai-je pas eu moi-même à lutter long-temps
contre leur jalousie ? et il a fallu toute l'influence de mon
beau-père pour m'assurer cette estime dont il me semble être environné...Si du moins Robert vivait encore, ou
si ma bien-aimée Éléonore était ici, leur voix serait
entendue comme celle de Castruccio, et rien ne m'em-
pêcherait d'aller sur le champ à Florence ! Mais, hélas !...
Robert est mort, et son corps est gisant sans sépulture
sur le chemin ; mon épouse, si elle n'est enfermée dans
lea prisons de Lucques, si elle n'a été frappée elle-
même, est à chercher une retraite dans les campagnes;

et moi , j'irais loin d'ici, avant d'avoir rendu les derniers devoirs à son frère, avant d'avoir appris son sort !... »

Toutes ces pensées ne décidaient rien dans son esprit : il appela ceux de ses amis dont il connaissait la prudence, et leur dépeignit son embarras.

» Allez à Florence , dit l'un d'eux, c'est le seul moyen de sauver, avec nos communs intérêts, la tête de Castruccio. Quant à votre noble épouse, quant à la sépulture du Robert, vous pouvez compter sur notre zèle ; il ne sera point de retraite si cachée où ne pénètrent nos soldats ; avant la fin du jour ils sauront ce qu'est devenue la fille de Castruccio ; et les restes de Robert seront réunis à ceux de ses pères. Il est une chose que vous redoutez surtout, c'est la désunion des cœurs en votre absence. Eh bien ! nous tous que vous honorez de votre amitié, nous jurons ici que la voix de l'homme que vous aurez chargé du commandement sera respectée ; nous jurons que chacun de nous se fera un devoir de seconder l'autorité que vous lui aurez confiée. »

Les autres nobles guelfes firent tous le serment en présence de Cénami ; et lui, heureux , malgré tous les malheurs , d'avoir autour de sa personne des hommes si dévoués, il se disposa au départ. Déjà une heure s'était écoulée depuis qu'il avait quitté le château, lorsque parut un guerrier à la porte, demandant à y être introduit.

— C'est un noble gibelin, courut dire un des gardes à celui qui commandait à San-Paolo : Sans doute il croit le fort occupé encore par ses amis. Il a l'air intrépide et hardi ; ce serait une bonne capture !...

— Qu'on le laisse entrer, avait répondu le chef ; puis, qu'on se saisisse de sa personne ; et la *Tour de-l'Abime* aura un appartement assez riche pour le recevoir.

Le pont-levis fut baissé ; et le guerrier entra, demandant à parler à Buonacorso-Cénami.

— Vous vous êtes mépris, n'est-ce pas, lui répondit-on : vous croyiez trouver ici des amis.

— C'est précisément à des amis que je parle ; votre parti est le mien.

— C'est bien ! vous faites contre mauvaise fortune bon cœur !

— Vous ne me croyez pas ? Menez-moi auprès de Buonacorso Cénami.

Les soldats élevèrent les yeux vers le chef guelfe qui, du haut d'une galerie voisine, entendait ces discours, et il leur fit signe d'exécuter ses ordres.

— Le gendre de Castruccio, repartirent les soldats, est absent ; nous allons vous mener dans un appartement où il vous sera donné le temps de l'attendre.

Et il les suivait vers une haute tour, silencieux, mais sans tristesse, parce qu'il pensait bien que sa captivé ne serait pas longue.

Lorsqu'il fut dans l'immense pièce qui lui était destinée, il dit à ceux qui l'avaient introduit :

— Dans deux heures, ces portes que vous allez fermer avec soin, seront ouvertes, et je sortirai libre.

— Non, tant qu'il restera dans nos veines une goutte de sang.

— Adieu, mes amis ! Allez maintenant rendre compte de votre mission. Mais surtout, si la noble signora Éléonore rentre au château, ne manquez pas de lui faire part de votre capture, et menez-lui voir votre prisonnier.

Comme les guerriers se retiraient, on baissait encore le pont-levis ; et une troupe de soldats entraient, précédé de la fille de Castruccio. A sa vue des cris de joie retentirent de toute part ; et ceux qui avaient conseillé à Cénami de partir pour Florence, se maudissaient de lui avoir donné cet avis avant le retour de son épouse.

Cependant Éléonore ne semblait faire aucune attention aux signes d'allégresse dont elle était l'objet. Mais comme la joie éclatait d'une manière trop bruyante :

« Oubliez-vous, dit-elle, à ceux qui l'entouraient, que Robert est mort, que Castruccio est prisonnier.

5..

Puis se tournant vers quelques officiers :

« Allez dire à Cénami que son épouse vient partager ses douleurs ; que mon frère vient lui réclamer la sépulture de famille; derrière nous suit une troupe de guerriers qui protége son arrivée.

Avant que l'officier eût pu répondre, le commandant de San-Paolo était auprès d'Éléonore : il avait vu entrer dans la cour du château le cadavre de Robert.

— Votre époux est absent, dit-il à la fille de Castruccio ; mais des ordres vont être donnés pour la sépulture de votre frère.

— Où est Cénami, répondit vivement Éléonore ?

— Il est allé lui-même réclamer à Florence un prompt secours.

— Mon Dieu! voici une nouvelle épreuve! Je ne le verrai pas! Ei s'il vient à lui arriver quelque malheur sur la route !... Robert a été tué sur le chemin de Florence!... Et puis, pendant son absence, comment songer à sauver mon père ?...

— Nous venons, il y a à peine quelques instants, de faire prisonnier un guerrier qui a l'air d'être d'une famille distinguée parmi les gibelins : ceux-ci peut-être seront heureux de l'échanger contre votre père ; sa famille du moins ne manquera pas de seconder nos vues.

« Si vous le vouliez ainsi, ô mon Dieu ! dit Éléonore.

Et parlant au chef guelfe :

« Que le corps de mon frère soit promptement réuni à ceux de mes pères ; et nous songerons à l'exécution du projet que vous me proposez.

Le signal fut donné dans tout le château ; et tous les guerriers sous les armes vinrent faire honneur à la sépulture du fils de Castruccio.

Un cercueil de plomb reçut ses restes, puis on le porta dans la chapelle, où les nobles guelfes, autour d'Éléonore, appelèrent sur lui les miséricordes du Seigneur ; car nul prêtre n'était là pour faire descendre sur l'autel la victime sacrée dont le sang obtient grâce et pardon. Puis, après que les cœurs se furent épanchés, après qu'Éléonore eût répandu au pied de l'autel ses prières avec ses larmes, on souleva la pierre énorme qui fermait le caveau souterrain, et le corps de Robert fut placé auprès de ses aïeux.

Éléonore voulut assister aux moindres circonstances de la cérémonie, offrant à Dieu tous les sacrifices qu'elle s'imposait pour obtenir la délivrance de son père. Elle pleurait ; mais ses larmes étaient chrétiennes, puisque la prière les accompagnait toujours. Elle était descendue dans le caveau à la suite du corps de Robert, et là, debout non loin du tombeau qu'on lui réservait, elle appelait sur lui en silence la pitié du Seigneur. Puis elle jeta un dernier regard sur son frère ; et un soupir s'échappait de ses lèvres :

« Adieu ! mon frère !... avait-elle dit ; au ciel !... »

A peine la cérémonie fut-elle achevée, qu'Éléonore songea à l'œuvre qui ne cessait de la préoccuper : je veux parler de la délivrance de son père. Elle fit venir dans son appartement celui qui commandait au château à la place de Cénami, et l'interrogea sur le personnage qu'il lui avait dit pouvoir être échangé contre Castruccio.

— Il est dans la *Tour-de-l'Abîme*, dit l'officier. Il s'est vanté, m'a-t-on dit, que votre présence lui ren-drait la liberté. Il a voulu parler sans doute d'un échange contre votre père ; est-il à croire que dans une pareille circonstance il ait compté sur votre générosité ?

— Oui ! si par lui je puis sauver mon père, le gibelin restera prisonnier, tant que j'en aurai l'espérance ; mais si sa captivité ne me promet aucun avantage, à quoi bon le retenir ? Il a eu raison de compter sur moi, en l'absence de Cénami. Ordonnez qu'on me l'amène.

Le commandant voulut sonder les pensées du prisonnier, avant de le faire paraître devant Éléonore, il se rendit seul à la tour.

— Cette prison, dit-il à l'homme sur qui reposaient les espérances de la fille de Castruccio, est bien dure pour vous : car vous êtes jeune ; et il y a peu d'années que vous maniez le glaive.

— J'ai servi dès ma plus tendre enfance, répondit noblement le captif, je ne suis pas inaccoutumé à la vie dure et mêlée de privations ; mais pourquoi me tenir un pareil langage, puisque c'est par vos ordres que je suis ici.

— C'est vrai ; mais nous pourrions mettre un terme à votre captivité.

— C'est là mon espérance ; pourtant on a oublié la demande d'un prisonnier : l'épouse de Cénami est rentrée au château, et on ne m'a pas mené devant elle.

— Vous irez, signor ; mais elle sera inflexible, si vous ne consentez à la proposition que j'ai à vous faire.

— Inflexible !... oh ! non ; son cœur ne saurait l'être. Je serai libre aujourd'hui, j'en suis sûr.

— Et si je lui laissais ignorer votre captivité, si vous restiez ici, seul, abandonné, privé de soin, sans espérance !...

— Non ! vous n'en agirez pas ainsi ; vous iriez au-delà de la mission que vous a confiée Cénami. Il me semble d'ailleurs que votre âme est inaccessible à la pensée d'exécuter un pareil acte de dureté. Par votre faveur je verrai signora Éléonore.

— Il dépend de vous d'avoir cet avantage. Entendez la proposition que j'ai à vous faire.

» Vous avez l'air d'être d'une condition noble parmi les gibelins : si vous pouvez sauver Castruccio, vous serez libre. Nous vous rendrons à vos parents, s'ils obtiennent sa délivrance.

Le guerrier ne répondait pas ; la proposition du commandant lui souriait assez ; mais il voyait à son exécution une grande difficulté. Il pensait donc en lui-même aux moyens de la vaincre.

— Faites comme vous l'avez dit ; mais ne me laissez pas voir à Éléonore.

— Pourquoi ?

— Lorsqu'elle m'aura vu, son espérance sera détruite ; elle ne voudra pas que je reste prisonnier.

— Qu'y a-t-il de commun entre vous et elle? N'êtes-vous donc pas son ennemi? D'ailleurs j'ai reçu de Cénami le commandement du fort ; et je parlerai plus haut que sa tendresse. Mais d'où vient que vous ne tenez plus à la liberté depuis que je vous ai parlé de la délivrance de Castruccio?

— Vous-même, si elle me voit, vous ouvrirez ces portes. Je sens que je ne le puis plus cacher, écoutez donc, signor :

— Je suis le fils d'un noble gibelin de Lucques ;
le nom de mon père est connu parmi ceux qui défendent vivement la cause des empereurs. Mon nom... »

Le bruit que la porte fit en s'ouvrant l'empêcha de
continuer, et Éléonore parut. Impatiente de savoir si
son père pourrait recouvrer la liberté, et voyant qu'on
ne lui amenait pas le prisonnier, elle s'était hâtée de
venir elle-même, accompagnée seulement de deux guerriers.

— Lupo de Poggio ! s'écria-t-elle en entrant. Mon
père ! pourquoi un moment ai-je espéré vous sauver !

... Lupo de Poggio !... vous ici renfermé !... vous
dans une prison impénétrable ! Vous n'avez donc pas
dit ce que vous avez fait pour le fils de Castruccio, pour
Éléonore elle-même !... Pendant qu'on faisait les obsè-
ques de Robert, vous étiez là, vous qui auriez été heureux d'accompagner mon frère jusque dans la tombe !...
O Lupo ! que votre captivité ne dure pas un intant de
plus ; venez avec nous, venez vous réunir aux officiers
de Castruccio, votre nom ne sonnera pas mal auprès du
leur, et...

— Mon nom ! interrompit le captif, qu'il ne soit jamais prononcé ici, je vous le demande comme une grâce ;
il jetterait l'effroi dans tous les cœurs par l'idée qu'il
laisserait dans l'esprit de la rivalité de ma famille ; car
il n'y a jamais eu d'alliance entre celle des Castracani
et celle des Poggio.

— Nous vous appellerons Lupo, signor ; mais descen-
cendons les degrés de la tour ; je ne puis plus long-
temps vous voir en ce lieu.

— Non, signora, j'ai à vous dire ici des choses importantes.

— Celle que je tiens à savoir d'abord, c'est la raison
qui vous a fait, ce matin, fuir secrètement de la ferme :
votre absence nous a plongés dans le deuil.

— Je voulais annoncer moi-même à Cénami le pro-
chain retour de son épouse ; je n'avais pas réfléchi que
mon nom causerait ma captivité.

— C'est ainsi qu'a été payé votre dévouement :

— Et se tournant vers le chef guelfe :

— « Vous voyez ici un de nos meilleurs amis, un seigneur dont notre cause, hier, s'est acquis la sympathie.
Si vous tenez à faire plaisir à la fille de Castruccio,
honorez-le comme un homme digne de confiance et
d'estime.

— C'est assez, reprit Lupo. Laissez-moi vous proposer un moyen de sauver votre père. Car le temps
presse. Qui sait jusqu'où peut aller la cruauté d'Antelminelli ?

Un rayon de lumière brilla subitement sur le visage
d'Éléonore ; et ses yeux, ainsi que ceux de l'officier
restèrent immobiles, annonçant l'impatience de savoir
jusqu'où pouvait aller leur espérance.

« On ignore à Lucques, continua-t-il, que je suis votre ami. Vos ennemis croiront que vous m'avez surpris dans les campagnes ; et que vous avez regardé comme une prise importante celle d'un homme de ma condition. Traitez-moi donc extérieurement ici comme un prisonnier, afin que personne ne soupçonne l'expédient qui sera notre secret. Vous enverrez à Lucques une députation chargée de proposer un échange de prisonniers. Le fils d'Etienne de Poggio, captif chez nous, direz-vous aux gibelins, vous sera rendu, si vous-mêmes vous brisez les fers de Castruccio. Il n'est pas douteux que ma famille ne demande vivement l'échange ; et le nombre des amis qui s'uniront à elle balancera celui des partisans du barbare Antelminelli.

« Retirez-vous donc, signora, laissez-moi ici, tant que vous aurez espoir de sauver votre père.

— Vous ici, oh ! non. Qu'on croie parmi nous que cette tour est votre prison ; mais qu'un des plus beaux appartements du château soit votre retraite ; là du moins vous recevrez les témoignages de notre reconnaissance.

Ils quittèrent ensemble la tour ; et Lupo fut conduit, par des voies secrètes, à une pièce richement meublée, où nul ne pouvait soupçonner sa présence.

VIII

CRAINTES ET ESPÉRANCES.

———

Le peuple de Lucques qui avait tant aimé Castrucio
pendant qu'il versait sur lui des bienfaits, et que son
influence lui en faisait espérer de nouveaux, oubliait
maintenant ce qu'il devait à ce grand homme, pour s'attacher à un rival ambitieux qui promettait beaucoup et
ne songeait qu'à s'enrichir par le crime et la tyrannie.
Voilà le peuple : il ne faut pas attendre de lui de reconnaissance la moindre promesse, la moindre faveur d'un

autre lui fait abandonner celui qui l'avait comblé de
biens. S'il le faut même, il devient son ennemi ; mais
alors c'est un ennemi terrible, parce qu'il a un remords
à étouffer.

Plus d'une fois, imprudetns Lucquois, vous avez été
instruits par l'expérience; mais vous n'en êtes pas devenus plus sages. L'or, l'argent qu'on fait briller à vos
yeux, les privilèges qu'on vous offre ont rendu vaines
ces leçons qui pourtant ne trompent jamais. Vous avez
pour maître un homme que le zèle de vos intérêts n'a
nime pas, que dévore, au contraire, la passion des richesses et le désir de dominer. Il veut dominer à tout prix :
ses yeux ne redoutent pas le sang; ses lèvres seront assu-
rées, lorsqu'il ordonnera des supplices ; et, s'il trouve
quelque avantage à vous dépouiller, il vous fera des me-
naces pour que vous livriez vos mains aux chaînes que
vous vous êtes forgées vous-mêmes.

Fier de son triomphe, Antelminelli s'applaudissait de
tenir enfermé dans un sombre cachot son rival, Castruccio-Castracani. Le peuple portait son nom jusqu'aux
astres, pendant que celui du chef guelfe était mêlé aux
imprécations les plus horribles. Pour exciter davantage
la fureur de ce peuple contre son ennemi, le tyran avait
fait porter son fils blessé dans tous les quartiers les plus
fréquentés de la ville ; et, comme il s'y attendait, il avait
recueilli les signes les plus expressifs d'un véritable intérêt. On louait la valeur de Henri Antelminelli, on dé-
plorait son sort : car il avait reçu des blessures dange-
reuses qui faisaient craindre pour ses jours. Cette vue,

en excitant la pitié, avait attiré à Castruccio des torrents d'injures et de malédictions. Plusieurs voix même avaient crié mort à Castracani : Mort à sa famille !

C'est à ce peuple irrité qu'Éléonore songeait à enlever une victime qu'il avait vouée à la mort ; c'est à ce tyran qui avait déjà fait tant de pas dans le crime qu'elle voulait demander la délivrance de l'homme dont il redoutait le souffle malgré les murs de sa prison. Déjà Antelminelli organisait la séduction : car il voulait que la mort de Castruccio, approuvée par ses amis, le fût également des bourgeois de la cité. Mais ce n'était pas là la tâche la plus facile : la classe, à laquelle il s'adressait, est d'ordinaire amie de la paix, et ne partage pas les passions des grands. Si elle voit le crime sans rien dire, c'est qu'elle sent l'impossibilité de l'arrêter. Peu lui importe à elle les passions d'un parti : elle s'attache de préférence à celle qui maintient la paix et procure son bonheur. Parmi elle aussi Antelminelli eut-il peu d'approbateurs. Pourtant les bourgeois gardaient le silence, parce qu'ils redoutaient le tyran avec la populace qu'il avait armée.

Cependant deux nobles guelfes s'étaient présentés aux portes de la ville, demandant à parler à Antelminelli, et ils avaient été introduits. Le tyran pensait d'abord qu'on venait lui faire des propositions de paix ; et il se promettait bien de ne l'accorder qu'aux plus dures conditions : il espérait même ainsi avoir l'occasion d'accabler la famille de Castracani. Mais comme on lui rapporta que les députés, au lieu de se diriger vers sa

maison, voulaient auparavant s'entretenir avec Etienne
de Poggio, le chef d'une famille très-puissante parmi les
gibelins, il craignit une entrevue qui pourrait avoir des
suites funestes à ses intérêts : car les tyrans sont soupçonneux. Il dit un mot aux personnes dévouées qui
l'entouraient ; et bientôt, excitée par leurs discours, la
populace courut vers les guelfes, demandant à grands
cris qu'ils fussent livrés ; et l'air retentissait de clameurs
atroces : « Mort à Castracani ! mort aux guelfes ! » en-
tendait-on de toute part. Ceux-ci voulurent fuir ; mais
bientôt ils furent environnés ; et les plus acharnés du
peuple se précipitèrent sur eux. Alors se montra le
spectacle le plus effrayant : on vit deux hommes d'une
condition distinguée, traînés inhumainement dans les
rues de la ville, accablés de coups et d'outrages, cou-
verts de sang et de poussière. Leurs cadavres sanglants
furent abandonnés au coin d'une rue, d'où ils ne furent
retirés que la nuit : tant les gens paisibles redoutaient
les fureurs d'une multitude exaltée qui leur aurait fait
payer bien cher un acte de compassion.

Cette cruauté du peuple excitait l'indignation dans le
cœur des gibelins eux-mêmes ; et l'odieux d'un pareil
attentat retombait sur Antelminelli qu'on savait n'y être
pas étranger. Il fallait pourtant garder le silence : le
tyran était trop fort avec les vils ministres de sa puissance, et surtout la faveur d'un peuple à qui il avait fait
des promesses magnifiques.

Cependant Etienne de Poggio ne tarda pas à apprendre la captivité de son fils, et le motif qui avait mené à

Lucques les députés des Guelfes. Il sut qu'ils venaien
chez lui, lors que la populace commença ses cruautés ;
et reconnaissant là la jalousie d'un homme qui redoutait
en lui l'influence de sa haute position , il résolut de traverser par tous les moyens possibles, les projets ambitieux d'Antelminelli.

Le tyran prévoyait que les guelfes tenteraient tout
pour se faire des amis dans la ville : aussi voulait-il
presser la condamnation de Castruccio. Déjà le jour fixé
pour la réunion des juges avait lui ; déjà ceux-ci étaient
sur leurs siéges ; et l'accusateur public avait fait un long
discours pour prouver que Castruccio s'était rendu coupable envers la patrie , en voulant la soustraire à ses
princes légitimes, et que la mort seule était une peine
digne de ses forfaits. Tous les assistants avaient paru
partager la pensée de l'orateur : car les gens de bien
n'étaient pas venus être témoins d'une condamnation
qu'ils savaient assurée d'avance : la mise en jugement
n'étaient qu'une forme extérieure pour lui donner une
apparence de justice.

Cependant, au milieu de gens avides et cruels comme
lui, Antelminelli se livrait à l'espérance. Sa domination
allait être sans obstacle, puisqu'elle était éprouvée de
l'empereur, et que le seul homme à redouter parmi les
guelfes allait mourir. A la cruauté qui, d'ordinaire, se
dessinait sur son visage se joignait en ce moment une
joie atroce : il avait parcouru de l'œil les rangs des juges ;
et il ne découvrait presque que des amis.

« Me voilà, se disait-il, prince de Lucques ! Qui osera s'opposer à mes projets ? »

Qui osera, vil tyran !... Un homme est là parmi ceux de ton parti qui ne craindra pas de te parler avec liberté. Après le discours flatteur de l'accusateur public, Etienne de Poggio a attendu que quelque voix s'élève en faveur de Castruccio ; mais voyant enfin que les yeux du tyran les tiennent attachés à leur siége comme des esclaves tremblant devant le maître, il s'est levé. Alors un bruit sourd se fait entendre autour de lui : Antelminelli regarde et voit Etienne de Poggio, prêt à parler, et un homme qui est sans tache parmi les gibelins, un homme qui veut abattre un parti, mais non verser le sang pour satisfaire quelques ambitions. Il le redoute d'autant plus qu'il peut soupçonner avec quelque raison que Poggio connaît la captivité de son fils ; que lui, Antelminelli, s'est opposé à tout échange de prisonniers.

Etienne de Poggio s'était donc levé au milieu de l'émotion générale ; et portant ses regards autour de la vaste enceinte :

« Que de personnes je vois dans cette nombreuse assemblée, dit-il, qui ont été coupables comme le fut Castruccio, et que lui-même a épargnées. N'est-il donc ici aucune âme aussi généreuse que la sienne, pour prendre sa défense contre une accusation étrange ? Castruccio a soutenu son parti avec vigueur, il croyait se rendre utile à son pays ; aussi ses mains ont-elles été pures d'un sang innocent ? Aussi sa bouche d'où ne sortaient jamais que des paroles chrétiennes, n'a-t-elle donné aucun ordre qui sentît la vengeance?

» C'est cet homme modéré que l'on voudrait sacrifier, cet homme qui n'a d'autre crime que de ne pas penser comme nous !... Vraiment je rougis de voir qu'il y ait dans notre parti si peu de grandeur d'âme : on dira partout que l'ambition, l'intérêt privé ont armé nos bras, et que sous prétexte de rendre aux empereurs les hommages d'une ville, nous avons voulu nous enrichir, et établir une domination de fer à côté d'une domination protectrice.

» Et d'ailleurs n'êtes-vous pas émus de pitié, en voyant ce vieillard dont le front paisible éloigne toute idée de crime, dont les cheveux blancs et les rides épaisses annoncent le déclin de la vie? La nature ne sera pas longue à exercer sur lui ses droits : n'allez pas la prévenir en souillant vos triomphes ; laissez un homme probe et honnête descendre paisiblement dans la tombe, et ne troublez pas par une rigueur outrée les derniers instants de sa vie.

» Au lieu de songer à répandre son sang, proposez-lui un serment solennel par lequel il s'engagera à ne défendre le parti des guelfes, ni par sa puissance, ni par ses conseils. Sa religion doit suffire pour nous rassurer : il sera fidèle à ses engagements. »

Ces paroles terrifièrent Antelminelli. Il voyait bien que l'affection paternelle en avait rendu le ton plus animé ; mais il reconnaissait aussi dans le langage

6

d'Etienne de Poggio cette vertu que rien ne saurait corrompre, qui, en le rendant d'une part terrible à la cause guelfe, lui assurait la modération de la victoire. Redoutant donc l'impression qu'avait pu produire ce discours, il ne permit point que les juges allassent à l'opinion pour se prononcer sur le sort de Castruccio, voulant auparavant parler à chacun d'eux en particulier, et s'assurer un triomphe éclatant. La séance fut levée et remise à un autre jour.

Le temps qui s'écoula dans l'intervalle des deux séances fut passé par Antelminelli dans les essais réitérés de la séduction et du crime. Lui, si avare, prodigua l'or, mais plus encore les promesses ; il tendit à Poggio des piéges que la fidélité de ses amis et de ses serviteurs put seule lui faire éviter. Toutefois ils ne contribuèrent pas peu à donner naissance à une rivalité redoutable qui, depuis lors, se manifesta entre la famille d'Antelminelli et celle de Poggio ; et celui-ci fit tous ses efforts pour éloigner de l'autre les amis qui le soutenaient au pouvoir. Si, pendant ses troubles, les Florentins avaient pu secourir les guelfes, il n'y a pas de doute que ceux-ci n'eussent chassé de Lucques leurs adversaires ; mais d'autres affaires les appelaient ailleurs ; et des troupes n'étaient promises que pour le mois suivant.

Cependant Cénami était revenu à San-Paolo, triste et sans espérance : car il pensait que son père aurait péri avant l'arrivée du secours des Florentins. Sa douleur pourtant fut un peu tempérée, en entrant dans les murs du château, par la nouvelle du retour de son épouse. Il courut vers son appartement : celle-ci était déjà sur le chemin, allant au-devant de l'ami dont l'absence lui avait fait verser tant de larmes. Oh ! comme ils se pressèrent tendrement sur le sein l'un de l'autre, comme leurs pleurs se confondirent dans de mutuels embrassements

— Mon père !... soupira Eléonore.

— Ton père ! répondit tristement Cénami, j'ignore encore si nous pourrons le sauver : dans un mois seulement nous aurons des secours de Florence.

— O mon Dieu !... pauvre père, périrez-vous loin de vos enfants, loin des regards de votre fille ?... Ce sera le glaive d'hommes cruels qui mettra un terme à une vie sans tache, à des jours si précieux que je rachèterais volontiers au prix de la dernière goutte de mon sang !

.... Ils ne l'épargneront pas, Buonacorso ! Non , nous avons déjà tenté de le délivrer.

Ils étaient entrés dans la chambre d'Eléonore : quels fut l'étonnement de Cénami d'y voir, parmi plusieurs officiers guelfes, un jeune homme qu'il reconnaissait pour le fils d'un noble lucquois, puissant parmi les Gibelins ! il pensa qu'il avait été chargé par ceux-ci d'une mission importante ; et s'adressant à l'officier à qui il avait remis le commandement en son absence :

« Qu'est venu nous proposer ce jeune homme, dit-il? »

— Ce n'est point un ennemi, repartit Eléonore; ce n'est point un gibelin!

Cénami fut effrayé : il crut entrevoir là quelque mystère : il craignit une perfidie ?... Prenant donc avec lui l'officier à qui il venait d'adresser la parole, il n'attendit pas que son épouse eût achevé, et le mena dans la pièce voisine :

— N'avez-vous donc pas reconnu, lui dit-il, le fils d'Etienne de Poggio, notre ennemi?

— Nous savons qui il est, répondit le noble guelfe; puis il lui raconta les événements qui avaient amené Lupo au château.

— Il sera pour Castruccio, reprit Cénami, une planche de salut.

— Hélas! nous avons déjà voulu proposer un échange de prisonniers : car le fils d'Etienne de Poggio consentait à passer pour être tombé en notre pouvoir. Mais Antelminelli a fait déchirer cruellement nos députés par la populace de Lucques.

— O Castruccio, il faut que le souvenir de vos leçons soit profondément gravé dans ma mémoire pour que ma volonté n'approuve pas les pensées de vengeance que me suggère mon esprit!... Mais rentrons : je dois réparer mon erreur, et rendre mes devoirs à Lupo.

Eléonore attendait son époux à la porte de son appartement.

— C'est un ami sincère, lui cria-t-elle, dès qu'elle l'aperçut! Pourquoi l'as-tu soupçonné sans nous entendre? Il a tant fait pour moi!...

Pour toute réponse Cénami saluait affectueusement le jeune homme et le priait d'oublier la réception qu'il lui avait faite. Puis ils se pressèrent la main avec amitié et s'embrassèrent.

· —Pour prouver, dit Lupo, l'intérêt que j'ai voué à la cause guelfe, et l'affection qui m'attache en particulier à la famille de Castruccio ; je veux aller moi-même à Lucques, afin d'exciter en sa faveur le zèle de mon père.

« Je suis prisonnier à San-Paolo , lui dirai-je? lié par des serments, je dois y retourner, si Castracani n'est rendu à la liberté. Choisissez entre la perte de votre fils et la délivrance d'un homme que les gibelins ne peuvent redouter long-temps.

« Et mon père, dont je connais l'affection pour moi, fera tout pour me sauver. Il a des amis : leur influence obligera Antelminelli à laisser aller sa victime. »

— Vous iriez vous sacrifier, reprit Eléonore! vous iriez vous livrer au fer du chef des gibelins, qui ne manquerait pas d'attenter en secret à vos jours pour faire avorter un projet contraire à ses propres desseins!...

6.

Non, Lupo, restez-ici : votre présence nous est trop
chère, pour que nous consentions à vous voir courir à la
mort, sans espérance de succès. Oui, sans espérance !...
Antelminelli sera inflexible, et mon père ne lui échap-
pera pas !... N'est-ce pas, Buonacorso, tu ne veux pas
que le noble Lupo se sépare de nous?

Cénami n'était pas si prompt à se prononcer. Eléonore
ne suivait que l'élan d'un cœur généreux ; mais lui, il
avait, en qualité de chef des guelfes, de grands intérêts
à ménager. Il prit à part le fils d'Etienne de Poggio ; et,
après un long entretien, il fut résolu que Lupo irait à
Lucques lorsqu'on saurait l'issue de la deuxième réunion
des juges de Castruccio.

IX

—

Les derniers rayons du soleil avaient cessé de briller à
l'horizon ; il ne restait plus sur la colline où était bâti
San-Paolo, qu'une lumière incertaine dont chaque instant montrait sensiblement le déclin. Cénami avait réuni les officiers guelfes dans son appartement, pour délibérer avec eux sur les moyens de défense qu'ils devaient
adopter dans la nouvelle position où les plaçait la captivité de Castruccio. Le temps du conseil devait être long :

peut être l'aurore du jour suivant, disait on, viendrait
à temps éclairer les dernières délibérations de l'assemblée. Alors une pensée généreuse se forme dans le cœur
d'Eléonore : elle appelle sa suivante chérie, celle qui,
au temps de la prospérité, a partagé ses courses pieuses
dans les pauvres campagnes.

— Juliana, lui dit-elle, un infortuné ce soir réclame
notre appui : dispose-toi à me suivre.

— Vous voulez sortir du château, à présent qu'il est
environné d'ennemis qui tendent des embûches. Vous
allez les combler de joie en leur livrant la fille de signor
Cénami.

— Non, non ! ils ne veulent pas de moi ! Ils n'ont pas
souffert que je partageasse la captivité de mon père, que
je le suivisse pour le consoler !...

— Ils ne l'ont pas voulu, alors qu'ils étaient maîtres
du château, qu'ils croyaient perdues les affaires des
guelfes ; mais maintenant qu'ils savent que votre époux
commande dans San-Paolo, ils se réjouiront de votre
captivité, espérant forcer, au prix de votre liberté, le
noble Cénami à se soumettre. Vous serez prisonnière ; et
pourtant vous ne verrez pas votre père ; on aura soin de
vous éloigner de lui pour vous rendre plus désirable le
bien de la liberté.

— Il faut que je sorte sans tarder, Juliana !... le bon
Dieu veillera sur nous ! Crains-tu...

— N'achevez pas, signora ! moi, je n'ai rien à redouter : seulement je tremble pour vos jours, je suis effrayée, quand je pense qu'un nouveau malheur pourrait
atteindre votre époux.

— Confions-nous à la garde de Dieu.

Elle dit, et toutes deux se mirent à genoux devant
l'image de Jésus Christ. Pendant que l'une priait Dieu de
la fortifier dans son dessein, de la rendre insensible aux
périls, et de changer le cœur des ennemis de sa famille,
l'autre suppliait le seigneur de protéger sa maîtresse.

Puis elles se levèrent plus tranquilles ; et Juliana dit
à Eléonore :

— Je suis à vous, signora, partons.

On était accoutumé à les voir sortir souvent l'une et
l'autre, pour aller porter aux malheureux les secours de
la charité : les gardes, sans soupçon, les laissèrent passer. Pourtant ils furent un peu surpris qu'Eléonore
voulût, dans les circonstances critiques où se trouvaient
les affaires des guelfes, persévérer dans sa conduite
ordinaire.

Lorsqu'elles furent à quelque distance du château,
Eléonore crut le moment favorable pour découvrir
sa pensée à sa compagne, et, comme si elle eût craint
que son secret fût entendu d'autres oreilles que de celles
de la jeune fille, elle s'exprima ainsi à demi-voix :

— Ecoute, Juliana! je t'ai dit que nous avions une infortune à soulager : oui! c'est une grande infortune dont personne n'a plus à cœur que moi la consolation. C'est mon père que je veux délivrer! C'est sa vie que je veux aller demander aux gibelins!

Juliana se mit aux genoux de sa maîtresse, et la suppliait de ne pas tenter un projet téméraire, de ne pas jeter un nouveau deuil parmi les siens.

— Oui! l'amour est téméraire, répondit la fille de Castruccio; mais qui peut lui imposer des bornes? Il faut bien, malgré les périls, suivre l'élan de l'amour qui nous porte vers Dieu : pourquoi serais-je plus faible en présence de la piété filiale qui me crie : Va à Lucques, tu sauveras ton père! Cette voix ne vient-elle pas de Dieu? Le lien qui unit les enfants à leur auteur n'est-il pas sacré ?.. J'irai vers nos ennemis, Juliana!...

« Si pourtant tu sens ton courage défaillir, si tu crains pour toi des épreuves trop rudes, je ne veux pas te livrer au malheur. Va, retourne au château; mais garde-toi de dire où se dirigent mes pas. »

— Moi, vous abandonner ! non, je vous suivrai, signora.

— Eh bien ! hâtons-nous d'arriver aux portes de Lucques, avant qu'elles soient fermées ; marchons !

— Avez-vous pensé qu'il nous faut une heure encore

pour atteindre les murs ?... Si vous m'en croyez,
nous irons passer la nuit dans quelque chaumière
voisine.

Juliana pensait ainsi empêcher l'exécution du projet
d'Eléonore, espérant que Cénami s'apercevrait bientôt
de l'absence de son épouse, et la ferait chercher dans les
campagnes.

— Tu m'effrayes, mon amie !... Demain il s'élèverait
quelque obstacle ?... Pourtant si nous ne pouvons ce soir
entrer à Lucques ?...

Après un court instant de réflexion, elle reprit :

" Allons au moulin du Serchio. "

— Chez le meunier perfide qui vous a trahis !

— Dis plutôt qu'on a contraint à la faiblesse. Il est à
présent plein de repentir .... Allons vite : je crains, tant
que nous sommes si près de San-Paolo.

Elles suivirent donc la pente de la colline ; et la nuit
était close, lorsqu'elles arrivèrent vers les bords du
fleuve.

Déjà elles étaient près de la porte du moulin, lorsque des paroles plaintives, entrecoupées de pleurs, frappèrent leurs oreilles :

« Pauvre petit ! disait la femme du meunier à son enfant trop jeune pour la comprendre, tu ne l'as pas vu
d'aujourd'hui, ton père ! Où est-il ?... Il nous a laissés
seuls. Pourtant là où il est , où peut-être on le retient,
il doit songer à nous : il nous aimait trop pour nous
oublier. »

Puis des sanglots suivirent ; et des soupirs profonds
s'échappaient de sa poitrine. Eléonore avait tout entendu : elle frappe à la porte.

— Oh ! si c'était lui, s'écria la pauvre femme, si c'é-
tait lui ! mais non ! j'aurais entendu le bruit de ses
pas !... Si du moins c'était l'ange d'hier !... il me conso-
lerait.

Cependant elle ouvrait la porte : et quelle fut sa
surprise en voyant la fille de Castruccio et sa suivante.

Le rouge lui monta au front ; et elle baissa subitement les yeux, atterrée par la présence de celle qu'elle
avait trahie, elle surtout qui était coupable de tout
le crime de son époux. Sa bouche resta sans parole ;
mais Eléonore comprit le motif de ce silence :

— Je viens, ma bonne, dit-elle d'une voix suave
et tendre, réclamer de vous l'hospitalité pour cette nuit.
Voulez-vous me l'accorder ?

Clara porta un regard furtif sur le visage de celle
qui avait parlé ; et n'y reconnaissant aucun signe de

colère, de mécontentement même, elle prit un peu d'assurance, et répondit :

— Mais ne craignez-vous rien dans une maison où tout encore rappelle un crime noir, où tout est en désordre depuis qu'il a été commis ? N'avez-vous pas horreur de moi ?....

— J'ai oublié, Clara, ce que vous a fait faire l'amour conjugal. Ne parlons plus de cela : seulement dites-moi le sujet des larmes qui mouillent vos paupières.

Eléonore et sa suivante s'étaient assises à côté de la meunière, près du foyer, où celle-ci venait d'exciter par le souffle de sa poitrine la flamme ardente : car la soirée était fraîche ; et nos deux voyageuses étaient un peu transies de froid.

— Où est votre mari, reprit la fille de Castruccio, en s'adressant à la meunière ?

— Le bon Dieu me punit déjà de ma faiblesse, signora !... Depuis ce matin, au lever de l'aurore, je ne l'ai pas revu.

Et elle raconta l'histoire de la veille, l'état désespérant du meunier, et l'arrivée du prêtre qui les consola.

« Mon mari, continua-t-elle, voyant que l'homme de Dieu s'était, avant notre lever, dérobé à la reconnaissance, a voulu le chercher dans les campagnes voisines. Il est parti, et en vain l'ai-je attendu à l'heure du repas ;

ÉLÉONORE.   7

j'ai dû mêler de pleurs le peu que j'ai mangé pour ne pas retirer à mon enfant la vie qu'il puise dans mon sein !... Où est-il ? Je l'ignore encore !... Ah ! le regret qu'il éprouve de vous avoir trahis, l'aura accablé ! peut-être n'est-il plus ! ... Me voici veuve ! voici mon pauvre enfant orphelin !.... »

Et des larmes tombaient à grosses gouttes sur ses joues décolorées.

— Ne vous troublez pas, dit Eléonore, je l'ai vu ce matin ; il m'a assisté près du cadavre de mon frère.

— Mon Dieu ! que je suis heureuses qu'il ait pu faire quelque choses pour vous !... Que ne peut-il briser les fers du noble signor Castracani !

— Peut-être est-ce quelque pensée de cette nature qui le retient loin de vous ? Vous ne tarderez pas à le revoir.

Une chose préoccupait en ce moment Eléonore : la meunière lui avait dit qu'un prêtre était venu la veille lui demander un asile. Il semblait que cette circonstance concordât parfaitement avec la lettre qu'elle avait reçue, il y avait à peine quinze jours.

— Vons ne connaissez pas, ajouta-t-elle, l'ecclésiastique que vous vîtes hier.

— Non, signora. Je n'osai lui demander son nom ; d'ailleurs nous espérions le revoir encore le lendemain.

Je ne sais à quelle famille il appartient ; mais son visage ne déshonorerait pas la plus noble : car, malgré sa
jeunesse, brille sur son front modeste une grande
majesté.

— Vous a-t-il parlé de mon père ?

— Seulement pour consoler mon malheureux époux,
que la douleur d'une trahison plongeait dans l'état le
plus affreux.

— Avait-il l'air touché de nos malheurs ?

— Il a beaucoup pleuré ; j'ai pensé que c'était la
charité du prêtre qui s'épanchait dans le sein d'un infortuné.

— Et, depuis son départ, vous n'avez su cé qu'il est
devenu ?

— Oh ! si, signora ! inquiète ce matin de l'absence
de Pelti, je suis sortie avec mon enfant, j'ai suivi sans
réflexion la route qu'il a prise. Je ne songeais pas qu'une
telle recherche devait être vaine, puisque plus de quatre
heures s'étaient écoulées depuis qu'il avait quitté le
moulin ; mais l'affection ne raisonne pas. Enfin, saisie
de douleur, en voyant l'abandon où il m'avait laissée,
et tremblante sur son sort, je m'étais assise sur un des
rochers qui couvrent le coteau voisin. Je pleurais en
regardant ce pauvre petit pour qui je redoutais le nom
d'orphelin, lorsque des soupirs ont près de là frappé
mon oreille. Ils semblaient partir d'un endroit profond :

7.

j'ai tourné les yeux, et aperçu une caverne ménagée
par la nature sous une énorme roche. Je me figure avoir
discerné, au milieu du souffle d'une poitrine gonflée par
le chagrin, la voix de mon époux bien-aimé, je m'approche, et je vois ce même ecclésiastique qui avait
soulagé nos douleurs. Les yeux fixés sur un Crucifix
qu'il arrosait de ses larmes, il priait avec ferveur ; la
préoccupation de son esprit était si grande qu'il n'entendit pas le bruit de mes pieds qui pourtant frappaient
assez fort les débris de rochers épars.

— Mon père ! me suis-je écrié.

Cette fois ses oreilles n'ont pas été insensibles ; il a
tourné la tête d'un air effrayé :

« Qui vous mène ici, m'a-t-il dit, pour être témoin
d'une douleur que j'exhalais dans le sein de mon Dieu,
loin des regards des hommes ?...

Alors nous avons échangé l'un et l'autre quelques
paroles pleines de tristesse :

— Vous aussi, vous avez des peines, ai-je répondu !
et pourtant vous savez adoucir celles des autres, sans
laisser apercevoir ce qui afflige votre cœur !... Mais
pourquoi avez-vous fui notre maison, pour venir ici
vous ensevelir tout vivant ?

— Mes chagrins ne peuvent être adoucis par les hommes ; je suis d'avance persuadé de tout ce qu'ils pourraient me dire. Aussi les pensées sinistres qui m'assié-
gent ne m'accablent pas. Je prie, non afin que le ciel

mette un terme à ce que j'endure, mais afin qu'il ne permette pas que l'innocence soit opprimée sur la terre, afin que sa gloire soit rétablie.

— Nous n'avons pas des pensées si généreuses, nous que la terre occupe tout entiers, et qui ne sommes frappés que des choses sensibles !... La douleur nous abat, et nous n'avons pas la force de la rendre chrétienne.

Dans cet instant le souvenir de mon époux s'est représenté à mon esprit avec une puissance irrésistible.

— Homme de Dieu, ai-je dit, avez-vous vu le meunier que vos paroles consolèrent hier ?

— Y a-t-il long-temps qu'il est sorti du moulin ?

— Ce matin, lorsqu'il s'est aperçu de votre fuite, il s'est mis à vous chercher, voulant vous remercier des pieuses leçons qui ont sauvé son âme. Mais depuis ce temps je ne l'ai pas revu ; et je crains pour lui un nouveau désespoir !

— Un nouveau désespoir ! oh ! non. La grâce a fait trop de progrès dans son âme !... Femme, vous reverrez votre époux, soyez-en sûre.

Cette parole a pu dans le moment faire cesser mes craintes, et un rayon d'espérance a lui devant moi. Il

m'a semblé qu'une lumière divine éclairait le prêtre,
et que sa voix était inspirée du ciel.

Alors je l'ai pressé de revenir chez nous, lui assurant
un asile tant qu'il le jugerait à propos. Mais il s'est montré inflexible, et m'a dit :

Retournez dans votre maison, et ne vous affligez plus.
Pour moi, je resterai ignoré dans cette contrée, jusqu'à
ce que la paix y soit rétablie ; et je fuirai d'asile en asile.
Ainsi ne revenez plus me voir ici ; vous ne m'y retrouve-
riez plus.

Voici tout ce que j'ai pu apprendre de cet homme
mystérieux.

Eléonore avait entendu tout ce récit, sans en perdre
la moindre circonstance : elle espérait savoir ce qui
l'intéressait surtout, la retraite du prêtre. Mais lorsque la meunière lui eût dit qu'il devait fuir encore,
son front se rembrunit, et elle resta tristement silencieuse.

Enfin sa suivante l'arracha à ses rêveries, en lui rappelant qu'elle avait besoin de repos, ayant beaucoup à
faire le lendemain. Eléonore prit alors un flambeau, et
se retira dans la pièce voisine·

X

JUSTICE.

—

Antelminelli avait fait jouer à Lucques tous les ressorts de la séduction et de l'intrigue : à force d'argent et de promesses, il s'était assuré les votes de tous les juges de Castruccio, excepté ceux d'Etienne de Poggio et de quelques amis. Au jour fixé pour un nouvel examen de la cause du chef des guelfes, s'était réunie dans la salle où devait se prononcer la sentence, une foule innombrable de personnes de toute condition : les unes étaient venues pour jouir avec le nouveau tyran de Lucques du fruit de ses brigandages ; les autres, moins nombreuses, mais plus humaines, pour voir jusqu'où irait la fureur d'Antelminelli, et frémir de la condamnation d'un vieil·lard qui n'avait fait que répandre des bienfaits sur sa patrie. Parmi ceux-ci se trouvaient plusieurs parents et ami de Poggio, qui s'indignaient entre eux de l'ambition du chef gibelin :

« S'il aimait sincèrement ceux qui défendent son parti, disaient-ils, sacrifierait-il ainsi à sa haine le fils d'un homme qui en est une des plus puissantes colonnes » ?

Et il semblait que dans leur indignation ils eussent voulu renverser le tyran qui attirait à lui tous les avantages d'une révolution.

Déjà Castruccio avait été amené, déjà il avait pris place sur le banc des accusés, lorsque Antelminelli parut. Arrivé vers son siége, il promène ses regards autour de la salle, et tout en comptant ses amis, il laisse, en passant, un signe de mépris à Etienne de Poggio, isolé au milieu de ses créatures à lui, et qu'il ne redoute plus. Une joie maligne est peinte dans tout le visage du cruel : il est sûr cette fois du triomphe ; et ses yeux se portent avec une complaisance barbare sur la victime qui va être immolée.

Cependant le silence règne de toute part : on attend la parole de l'accusateur de Castruccio. Il se lève, il fait retententir la salle de ses cris, de ses injures contre le vénérable vieillard ; à défaut de crimes avérés, il veut l'abaisser par des sarcasmes et des railleries aux yeux de la multitude dont Antelminelli ambitionne toujours la faveur. Ce moyen de défense a, il le sait, un grand poids sur elle, du moins dans le temps de son effervescence.

Docile à l'impression qu'on a voulu lui donner, le peuple se livre à la joie, et attend avec impatience les conclusions de l'homme qu'il regarde comme le défenseur de sa propre cause. Mais tout-à-coup un grand murmure est entendu vers la porte de la salle.

« C'est sa fille ! c'est sa fille ! répète-t-on de toute part. Et les rangs de la foule s'ouvrent pour la laisser passer. Qui oserait s'opposer à cette jeune dame au visage noble et bienveillant, dont le front est empreint d'une douce mélancolie ? Et d'ailleurs, si elle levait les yeux autour d'elle ; s'il lui était possible de ne pas les fixer sur un unique objet, elle pourrait compter, elle aussi, le nombre de ceux qui furent ses amis, qu'elle combla de bienfaits. L'irritation des esprits fut changée tout-à-coup en admiration, en curiosité ; que venait faire la fille de Castruccio au milieu de tant d'hommes dévoués à la perte de son père ?

Antelminelli l'a vue ; et il se demande comment, sans son ordre, on l'a laissée pénétrer dans la ville : il ne connaît pas la ruse dont s'est servi la piété filiale. Interdit, effrayé, il ne sait comment parer le coup qui le

7.

menace : car la vue de cette jeune femme, ses paroles
tendres et douces, ne vont pas manquer de faire sensation dans la multitude, et même parmi ceux qui avec
lui doivent décider du sort de Castruccio.

Il n'a pas le temps de réfléchir a des moyens dictés
par la prudence, il suit le premier mouvement de l'indignation et de la crainte :

« Soldats, dit-il, à ceux qui avaient mené le prisonnier, faites sortir cette femme qui ne doit pas être
témoin de nos délibérations. Il faut...

« Et pourquoi ? interrompit Poggio qui se sentait
fort du suffrage de la foule et de la compassion qu'il
était facile de reconnaître sur les visages mêmes des
juges.

— Ne sera-t-il pas permis à un enfant de voir son père
avant de mourir ?

« Il ne mourra pas ! s'écria Éléonore.

Et au même instant, évitant les soldats qui voulaient
la retenir, elle se jeta dans les bras de son père.

Alors il ne fut pas possible de la faire retirer. Les
soldats eux-mêmes, partageant la pitié universelle, n'o-
saient porter la main sur une si noble personne, sur
une femme dont tout le monde admirait le dévouement.

« Il ne mourra pas ! avaient répété après elle plusieurs voix parmi le peuple.

Et profitant de l'enthousiasme qui venaient de naître à son sujet, Éléonore rappela hautement ce qu'avait dit déjà Poggio dans la première séance : Elle demanda aux juges ce qu'ils avaient à craindre maintenant d'un vieillard dont les cheveux blancs annonçaient la tombe. Sa voix devait être plus puissante que celle d'Etienne : Antelminelli le vit bien ; et craignant uné décision funeste à ses vues, Il fit faire silence, et demanda que l'affaire fût remise à un autre jour, disant que justice ne pouvait être faite sous une impression qu'il espérait n'être que du moment.

« Justice ! oui, c'est justice que je demande, reprit Éléonore. Mon père a-t-il jamais fait périr aucun guelfe, alors qu'il était puissant dans cette ville ? Et vous, signor Antelminelli, vous qui commandez à Lucques, ne lui devez-vous pas la conservation de vos biens ?

Le tyran était troublé : la colère et la fureur agitaient son âme ; et ses lèvres tremblantes ne pouvaient proférer une seule parole. Il regardait ceux que tout-à-l'heure il croyait déterminés à suivre ses volontés, et il trouvait la pitié empreinte sur leur visage.

Éléonore, à la vue du mouvement qui s'opérait en sa faveur, reprenait ainsi :

Au nom de l'humanité, ne m'enlevez pas mon père ; rendez-le moi, afin que je puisse jouir des derniers jours de sa vie, afin qu'il ne meurre pas accablé de chagrin, loin de ses parents, loin de sa fille.

« Grâce ! grâce ! crièrent parmi le peuple plusieurs voix ; et l'immense appartement retentit bientôt de pareils cris. »

Antelminelli ne se contenait plus. Elevant la voix au milieu de l'assemblée :

« Vous voulez, dit-il, que je rende à la liberté l'homme qui est la force et l'appui du parti guelfe, l'homme qui prendra encore les armes contre vous, si vous brisez ses chaînes, l'homme qui vous asservira.

« Grâce, grâce ! cria-t-on encore.

Le tyran avait beau montrer les périls qui suivraient la mise en liberté du prisonnier, le peuple, ramené aux sentiments du cœur par la pitié, se rappelait les bienfaits de Castruccio, les aumônes répandues dans son sein par la bonne Élonore. Et peu s'en fallut même qu'il n'éclatât en injures contre Antelminelli, qui commençait l'exercice de la puissance par la cruauté.

Cependant, par une porte voisine du siége du chef gibelin, vient d'entrer un officier haletant, essoufflé.

« Des ordres sont nécessaires, a-t-il dit tout bas à

l'oreille d'Antelminelli ; les ennemis environnent la ville ; et, parmi eux, on compte des troupes de Florence. "

Le tyran fut effrayé à cette nouvelle. Par quelle union étrange tout semble-t-il donc conspirer à sa ruine ?... Il se lève :

« Nous vous accordons, si vous le voulez, dit-il à l'assemblée, la vie de Castruccio. Oui, il ira avec ses amis tramer d'infâmes projets ; il ira prendre les armes et s'unir à l'armée qui nous menace. Croyez-vous que c'est sans dessein qu'on prolonge aujourd'hui sa condamnation ? On a voulu donner le temps à nos ennemis de venir assiéger nos murs, de nous surprendre occupés à un jugement que j'aurais dû prononcer moi-même sans témoin. Eh bien ! que Castraccani vive encore ; et vous le verrez bientôt mettre en péril votre liberté. »

« Mais pourquoi perdre ici le temps ? Que les soldats le ramènent à sa prison jusqu'au jour où nous pourrons reprendre l'examen de sa cause ; pour nous, allons défendre la ville qu'entourent nos ennemis. »

Tous les assistants reconnurent que la fierté et l'assurance avec lesquelles ces paroles étaient prononcées n'étaient que factices et trompeuses, et qu'au fond du cœur du chef gibelin, le trouble livraient de terribles assauts. D'ailleurs la présence inattendue des guelfes autour des murs faisait penser à plusieurs qu'une attaque subite pourrait avoir un prompt succès, et qu'il y

aurait du danger pour eux à s'opposer aux guelfes.
Aussi quand Antelminelli ordonna que Castruccio fût
ramené à sa prison, un grand nombre de voix crièrent:

« Qu'il reste ici sous la garde du peuple, jusqu'à
l'issue du siége. »

Le tyran n'osa pas insister davantage dans un moment critique pour lui. Il entraîna le plus qu'il put des
hommes qui remplissaient les siéges; et courut donner
les ordres d'une vigoureuse défense : car il ne s'agissait
de rien moins pour lui que de la perte de la puissance,
et peut-être même de la vie.

Mais il eut beau faire : l'impulsion était donnée au
peuple. La scène passée dans une vaste salle, sous les
yeux de tant de spectateurs, avait été connue bientôt de
toute la ville; le bruit s'en était rapidement répandu
jusque dans les coins les plus cachés; et l'enthousiasme
s'était réveillé en faveur de ce Castracani dont les bienfaits, voilés quelque temps par les artifices d'un ambitieux, reprenaient dans toutes les âmes une vie plus
brillante et plus belle. Par contre-coup, la haine attei-
gnait l'homme qui l'avaient abaissé, qui avaient eu la
pensée d'abréger des jours que la reconnaissance devait,
s'il était possible, rendre éternels. Et puis Antelminelli,
au milieu de ses promesses flatteuses, n'avait pu dérober le fond de son caractère féroce et ami de la domina
tion; le sang déjà répandu par ses ordres annonçait un
gouvernement cruel, disposé à diriger, quand il le

verrait utile, ses fureurs contre ceux qui l'avaient soutenu. On se demandait alors pourquoi on avait renversé
la puissance paternelle des Guelfes, et on regrettait cette
administration pacifique que la religion parmi eux
rendait exempte de crimes et d'attentats, au moins tant
que le pouvoir avait été aux mains de Castruccio, comme
chef de la république.

Un parti s'était donc formé parmi le peuple, demandant hautement la liberté du prisonnier. Déjà des cris
séditieux étaient entendus dans les rues, et le nom
d'Antelminelli à son tour était livré aux malédictions.
Le bruit se rapprochait du lieu où s'était tenue la séance
solennelle du jugement de Castruccio : car on voulait
revoir ce front vénérable qu'avait osé insulter un tyran,
et surtout l'air noble et magnanime de cette jeune dame
qui avait exposé ses jours pour sauver son père.

Pendant tout ce tumulte, Antelminelli avait établi,
d'un autre côté, l'ordre parmi les soldats qui devaient
défendre la ville : car nulle apparence de défection ne
s'était encore montrée parmi eux; et leur résistance
balançait la vigueur de l'attaque. Et il est à croire que
les gibelins l'eussent emporté, si tous les citoyens
eussent été unis de sentiments. Mais un jeune officier
venait d'être introduit dans la ville ; plusieurs hommes
du peuple l'avaient reconnu pour le fils d'Etienne de
Poggio, et l'accompagnèrent à l'édifice où se trouvaient,
au milieu d'une foule nombreuse, son père avec Castruccio et sa fille.

« Mon fils! cria le noble gibelin en apercevant celu₁ dont il croyait la délivrance une condition nécessaire de celle du chef guelfe. »

« Mon père! dit à son tour Lupo. »

Et l'un et l'autre s'embrassèrent tendrement. Puis le jeune homme se tournant vers le peuple :

« Je suis libre, moi : car dans la famille de ce vieillard que vous avez sous les yeux, on ne sait pas livrer à la mort un prisonnier. Si vous aviez vu comme moi ce que renferme de générosité le cœur de cette dame !... Mais que dis-je? vous l'avez vu : sa présence ici, au milieu de vous, n'est-elle pas l'héroïsme du sentiment? Avec un tel cœur, pouvais-je rester dans les fers? »

Des cris alors retentirent dans la salle : Vive Castruccio! Mort à Antelminelli, répétaient tous les assistants ; et, par un mouvement spontané, le peuple qui était dans l'enceinte alla se joindre à celui du dehors, et tous ensemble ils coururent aux portes, demandant quelles fussent ouvertes. Les gardiens, pour sauver leur vie, cessèrent de les défendre; les murs aussi furent abandonnés des gibelins, de ce côté-là ; et les guelfes, reconnaissant les voix qui s'élevaient en leur faveur, redoublèrent de courage. Quelques instants après, la ville était prise, et les troupes guelfes repoussaient devant elles celles des gibelins. Cénami, à la tête de ses guerriers, allait, conduit par le peuple, ver le

lieu où était gardé Castruccio, pendant que les Florentins se dirigeaient vers celui où s'était retranché Antelminelli.

Celui-ci ne put échapper à la captivité. Odieux à ses
propres amis, à tous les gibelins, qui redoutaient en
lui un maître, au peuple à qui sa cruauté faisait craindre l'avenir, il se vit abandonné, sans pouvoir trouver
nulle part une retraite, sans rencontrer un ami qui
voûlut le dérober à la captivité.

Les guelfes florentins ne se montrèrent pas si humains
dans la victoire que l'avaient été ceux de Lucques, tant
qu'ils avaient été commandés par un chef de la famille
de Castruccio. Ils avaient eu eux-mêmes beaucoup à
souffrir des gibelins; et, la colère l'emportant sur la
conscience, ils se vengeaient d'une manière atroce, en
répandant le sang avec une sorte de plaisir.

Ils avaient en leur pouvoir le plus cruel de leurs
ennemis; plusieurs de ceux qui avaient défendu son
parti avec le plus d'ardeur étaient aussi tombés en leurs
mains. Mais il en était encore qu'ils auraient voulu
mener devant eux comme un trophée digne de leur
triomphe : parmi eux occupait le premier rang cet
Etienne de Poggio, qui avait, pendant le procès de
Castruccio, balancé la puissance d'Antelminelli. S'il
s'était opposé aux rigueurs de son rival, il n'en conservait pas moins une haine profonde pour le parti guelfe,
et à l'occasion cette haine ne manquerait pas d'éclater;

le drapeau gibelin, par son influence, ne tarderait pas
à se relever redoutable encore.

Mais Poggio, aussitôt qu'il eut appris les succès des
guelfes, s'approcha de son fils ; et, lui montrant le
danger qui menaçait leurs personnes, il le suppliait
de fuir avec lui, de sortir promptement de la ville pendant qu'elle n'était pas encore occupée de toutes parts
par les guelfes.

— Que craignez-vous, mon père, repartit le jeune
homme, auprès de ceux qu'a défendus votre fils ?

— A Dieu ne plaise, dit l'illustre gibelin, que je
veuille supplier pour ma vie ceux que je ne craindrais
pas de frapper sur un champ de bataille ! J'ai moi-
même ici protégé Castruccio contre la fureur d'Antelminelli ; mais alors il était sans armes, alors on le
traitait avec une indigne cruauté Je n'en suis pas moins
à présent ennemi des guelfes ; et mon bras encore
défendra le parti que j'aime comme un devoir.

Lupo, craignant les reproches paternels, feignit d'a-
dopter ses pensées :

— Fuyez, mon père, reprit-il ; je ne tarderai pas à
vous suivre.

— Ne te fie pas aux ennemis de ton père ; il en est
parmi eux qui seraient moins humains que Castruccio.
Redoute surtout les guelfes de Florence. Ne tarde pas à
venir : je t'attends à Fonvalle.

Il dit, et s'échappant parmi la foule qui l'aimait, parce qu'il avait défendu Castruccio, il sortit de Lucques.

Quelques instants après, les Florentins venaient le demander à Cénami pour prix de leurs services; et comme Castruccio se disposait à le protéger contre leurs exigences :

— Il a redouté Florence, lui dit Lupo; il a fui.

Sa main ne put tenir le glaive et il le suivit à terre.

XI

MALHEURS.

—

Après l'expulsion des gibelins, l'ordre se rétablissait à Lucques ; et le nom de Castruccio Castracani était porté jusqu'aux nues. Combien il eût été facile alors, à une personne plus ambitieuse que lui, de s'emparer d'un pouvoir qui, dans ses mains, n'eût excité ni haines ni rivalités. Mais cette grandeur d'âme, qui aurait fait aimer le gouvernement de Castruccio, était elle-même un obstacle aux pensées de l'ambition. L'homme,

avide du pouvoir, n'a pas de générosité : c'est l'égoïsme
et l'orgueil qui le poussent aux honneurs, et il veut
s'en parer comme d'un manteau de gloire qui, éblouis-
sant les autres hommes, met entre eux et lui une
grande ligne de démarcation dont s'enivre sa vanité.
Pourtant, tous les moyens lui paraissent bons, pourvu
qu'il s'élève, il redoute de grandes rivalités, il aura
l'air de les mépriser, il les regardera d'un œil superbe
et hautain ; mais si on le suit de près, on le verra
cacher dans l'ombre des intrigues viles et abjectes ; il ne
reculera même pas devant l'humiliation. Une fois revêtu
de la puissance, l'ambitieux, qui tout-à-l'heure se
repliait sous milles formes pour plaire à tous, qui
cachait sous un désintéressement factice, l'indifférence
et la dureté de son cœur, se montre tel qu'il est. Soùp-
çonneux, inquiet, il tremble que le pouvoir ne lui
échappe ; il voit des jaloux, des ennemis parmi ceux
qui l'entourent ; le dévouement lui paraît une ruse qui
couvre des perfidies. Ne se fiant à personne, il ne peut
jouir d'un instant de repos, et trouve dans son mal
même un obstacle à toute guérison.

Tel avait été Antelminelli, ou du moins, tel il fût
devenu, s'il eût conservé plus long-temps la puissance.
Mais le cœur de Castruccio était inaccessible à de pareils
sentiments. Si déjà il avait été plus d'une fois compté
parmi les Anciens de Lucques, si même le pouvoir
exécutif lui avait été confié, ce n'était pas le désir de
dominer qui l'avait porté à ces honneurs, ce n'était pas
la brigue qui les lui avait procurés. Tout le monde

connaissait l'amour dont il brûlait pour sa patrie, son zèle pour la liberté du peuple.

Dès le lendemain d'une victoire qui leur rendait la liberté, les Lucquois songèrent à nommer les magistrats qui devaient les gouverner ; et parmi les notables d'entre les guelfes, Castracani était dans tous les cœurs placé au premier rang. Il le sut : il réunit les principaux citoyens de la ville, et leur parla ainsi :

« Mes amis, tant que la force de l'âge m'a permis de recevoir parmi vous une tâche qui me rendait douce l'amour que j'ai toujours conservé dans mon cœur pour ma patrie, je n'ai reculé devant aucune des dignités dont vous avez voulu m'honorer. Je savais trop que je me devais avant tout à mon pays. Mais aujourd'hui que je n'ai plus qu'un corps usé et abattu par le nombre des années, que mon esprit, desservi par la caducité du corps, n'a plus cette pénétration nécessaire à un bon magistrat, à Dieu ne plaise que je veuille m'exposer au péril de ne remplir qu'à demi un devoir si important, si difficile !

» Vous avez au milieu de vous assez de personnes dont l'âge, à l'abri des passions et de la légèreté de la jeunesse, ne donne pas à redouter la lenteur et la faiblesse du vieillard, dont les talents et la vertu sont éprouvés déjà par le digne exercice d'éminentes fonctions. Portez-les à de plus hauts emplois : elles ont mérité votre confiance ; maintenant encore, vous ne serez pas trompés.

» Pour moi, il est temps que je laisse à de plus jeunes hommes une place que je ne puis plus occuper avec utilité ; il est temps que je songe à faire un retour sur ma vie, pour corriger les défauts que la négligence de mon salut, et le soin des affaires temporelles y ont laissés croître : de même que l'ivraie grandit au milieu du champ que le maître a négligé de visiter.

Ne songez donc plus à moi, lorsque vous présenterez les magistrats aux votes populaires. Je vous sais bon gré du souvenir que vous accordez à ma vieillesse ; mais tout ce que je pourrai faire désormais, ce sera de prier pour le bonheur de la république.

Des larmes suivirent un discours prononcé avec effusion de cœur ; et les assistants, touchés de tant de grandeur d'âme, regrettèrent de perdre un magistrat dont l'influence avait été si utile à l'état : car ils n'osaient rien opposer aux motifs de retraite qu'ils venaient d'entendre. Seulement, lorsqu'ils se furent séparés de Castruccio, il songèrent à délibérer entre eux sur les moyens de vaincre ses répugances, et de lui faire accepter encore une charge dont l'éloignait la délicatesse d'une conscience vertueuse.

» Sa fille, pensèrent-ils, est comme lui, remplie d'amour pour son pays. Elle connaît tout le bien qui est descendu sur le peuple par le moyen de son père ; elle sait que tous les guelfes ont en lui une confiance sans bornes. Supplions-la d'être auprès de lui notre

avocate, de le déterminer à accepter la dignité qui lui
sera offerte.

Éléonore devait entrer dans leurs vues, non pas que
l'orgueil des grandeurs enivrât son âme; mais parce
que, sur un plus grand théâtre, elle aurait comme lui
plus d'occasions de faire le bien, de répandre le bonheur. Elle parla donc à son père, elle lui exposa les
besoins d'un peuple dont il était la force et l'appui. Mais
tout fut inutile : Castruccio avait arrêté dans son esprit
un projet qu'il croyait dicté par sa conscience ; il refusa
toujours de rentrer dans la carrière des honneurs ; et
quelques mots dits à son humble fille, avec cette
suavité naturelle à un homme qui n'ignorait pas les
tendres sentiments de la famille, suffirent pour la dé-
goûter elle-même d'une position brillante, où les dangers environnent de toute part.

Pourtant Cénami fut élu membre de l'assemblée des
Anciens, chargés de l'administration de la république.

Son père était sauvé, son époux était rendu à sa
patrie : Éléonore songea à l'objet qui manquait à son
bonheur, à l'objet dont les circonstances critiques
l'avaient séparée malgré elle. Nous n'avons pas oublié
que, lors du siége de San Poolo, on avait dérobé aux
ennemis de Castruccio, le petit fils en qui il avait mis
ses espérances ; une personne fidèle le gardait à quelques
lieues de Lucques, attendant l'issue des événements.

8

Bientôt la fille de Castruccio eut dans ses bras cet enfant chéri, que sa tendresse pour son père n'avait pu lui faire oublier ! car, si dans son cœur s'était trouvée une si noble affection, elle n'avait pas étouffé les autres : seulement sa sollicitude s'était portée là ou était le plus grand danger. Combien elle le combla de caresses, ce fils aimé, qu'elle ne pouvait se persuader de revoir encore, tant sa nouvelle position lui paraissait un songe ! Quelques jours auparavant, son père était entre les mains de ses bourreaux ; aujourd'hui il est triomphant ; et la faveur du peuple lui a été rendue.

Elle s'était dit plus d'une fois au temps de l'épreuve :

« Mon Dieu ! reverrai-je mon Léonce ? Nos ennemis ne sauront-il pas le lieu de sa retraite ; et la première nouvelle qu'on m'apportera de lui, ne sera-t-elle pas celle de sa mort ?.... » Oh ! à présent, elle est heureuse : elle le possède, nulle pensée sinistre n'apporte plus dans son âme de doute et d'inquiétude. Le pauvre enfant ! il lui sourit avec tendresse, il environne son cou de ses petits bras. Il est bien jeune encore ; pourtant il semble qu'il ait compris ce qu'a d'amer la séparation.

Éléonore a retrouvé son père, son époux, son fils ; elle va voir s'ouvrir devant elle une carrière de paisibles jouissances. « Il est encore un fils de Castruccio dont la présence lui ferait du bien : Il n'est pas loin de Lucques ; du moins elle le présume, elle l'espère. Maintenant il ne craindra pas de venir au sein de sa famille ; quelque soit le motif qui l'en ait tenu éloigné aux jours mauvais qui viennent de s'écouler, son cœur ne pourra souffrir une plus longue séparation. Et alors toute sa famille sera réunie, moins l'infortuné Robert qu'une mort cruelle lui a ravi ; mort affreuse dont le souvenir vient jeter quelques ombres tristes sur la riante perspective de son bonheur. »

Tranquille désormais sur le sort des objets qui lui sont chers, Éléonore est inquiète sur la conduite que vont tenir les guelfes à l'égard des vaincus. Son influence sera impuissante en faveur de ceux qu'ont emmenés les Florentins : du moins elle fera tout pour sauver ceux qui sont resté au pouvoir des Lucquois. Son œil veillera autour d'elle pour qu'aucune victime ne soit atteinte, avant qu'elle ait demandé grâce. Mais on connaît son cœur : on cachera à sa générosité bien des exécutions sévères. Dans sa famille même on songe à une action de justice, et elle ne le sait pas.

Cénami sans doute ne manque pas, lui aussi, de grandeur d'âme ; mais laissera-t-il en possession d'un moulin qui est à lui, laissera-t-il, au milieu de ses terres, un homme dont la vue devra désormais être pour sa famille l'objet d'une secrète horreur ? Quoiqu'il lui pardonne, pourra-t-il le voir d'un œil indifférent ? et ne sentira-t-il pas en lui quelque chose qui repousse et qui s'indigne comme malgré soi, lorsque ses yeux par hasard rencontreront le coupable meunier, le traître qui a livré son père, à qui il n'a pas tenu que la

hache ou le glaive n'ait abrégé ses jours? Des ordres
sont donnés pour le déposséder, pour lui dire d'aller
chercher ailleurs, bien loin, une autre demeure, de
fuir une terre dont la vue lui rappellerait à lui-même
un crime affreux. Déjà une troupe de guerriers est
partie, déjà le chef est sur le seuil de la porte du moulin, et nul bruit ne frappe son oreille; il parcourt de
l'œil l'étroit appartement, et il ne voit personne. Pourtant il s'avance, et les soldats le suivent : les soldats
dont le cœur bouillonne de colère, et qui voudraient
voir le meunier, pour s'indigner du moins en sa présence, puisqu'il leur est interdit de frapper. Tout est
désert : l'appartement du bas, les chambres, le jardin.
Le chef regarde les guerriers avec surprise ; ceux-ci ne
sont pas moins étonnés :

« Se seront-ils eux-mêmes, pensent-ils, condamnés
à l'exil? »

Cependant l'un d'eux a aperçu, parmi les plis d'une
vieille tapisserie, étendue d'un côté sur la muraille,
un rayon de lumière. Il s'approche et reconnaît une
porte. Il ouvre, et entre dans une pièce étroite, que
remplissent à peu près un lit fermé par de larges
rideaux, deux chaises, et une petite table. Ses mains
ont déroulé la toile qui entoure la modeste couche, et
il voit deux cadavres. Une pensée affreuse le saisit.

« Sera-ce donc crime sur crime? Le traître a-t-il
commis deux meurtres ?...

Il pousse un cri d'horreur, et ses compagnons accoururent épouvantés. Un frissonnement glacé parcourt tous leurs membres à la vue du malheur qui pèse sur une famille coupable, et surtout, lorsque ces mots sont répétés d'une voix altérée :

« Aura-t-il commis deux meurtres? »

Une terreur subite s'empare des guerriers : ils s'éloignent sans avoir reçu d'ordre, et leur chef les suit, sans songer à en donner. Ils fuient, ils se hâtent, ils courent sans proférer un seul mot. C'est ainsi qu'ils arrivent à San-Paolo; et lorsque Cénami leur a demandé si sa pensée a été remplie, ils poussent un soupir d'horreur, et celui qui venait de les commander sort de leur foule sans ordre où il s'est mêlé, et raconte ce qu'ils ont vu.

« Il aura commis deux meurtres, ajoute-t-il ! »

— Vous ne savez donc où il est, reprend le gendre de Castruccio !...

— Après tant de crimes il aura fui, ou mis fin lui-même, en se jetant dans les eaux du fleuve, à une trop coupable existence.

Le bruit d'un pareil événement se répandit bien vite parmi les gens du château : Eléonore elle-même le sut; et accourant auprès de son époux :

8.

« Oh! n'accuse pas, dit-elle, l'infortuné meunier
de nouveaux crimes qu'il n'a pas commis ! C'est bien
assez que la tendresse conjugale, que la crainte de
plonger dans la tombe, avant le temps, une épouse
chérie, plutôt que la faiblesse et le péril de sa vie, lui
aient arraché une action perfide qui répugnait à son
cœur, à son dévouement! C'est bien assez que cette
tache soit sur son âme, sans qu'on la noircisse de crimes mille fois plus horribles !... Non! ce n'est pas lui
qui a frappé son épouse, son enfant !... J'en suis sûre!
car je l'ai vu depuis sa trahison : il était repentant;
il avait prié le ciel. Il est tombé à mes genoux : il m'a
supplié de lui pardonner. Alors j'étais près du cadavre
sanglant de mon frère; et il se disposait à le retirer du
lieu où il gisait sur la poussière du chemin, lorsque
l'arrivée de nos soldats l'a forcé à fuir pour se dérober
à la vue des hommes qui lui reprochaient son crime.
Ne l'accuse donc pas : il est innocent !... Oh ! quand il
saura son malheur! quand il saura qu'il n'a plus celle
qu'il voulait tant sauver, celle qui lui avait coûté le
trouble de sa conscience, quelle douleur le saisira !...
Il a un cœur bon, le pauvre Pelti : il aimait d'un amour
si tendre sa chère Clara !... Et celle-ci, combien elle
aimait son époux ! c'est cet amour qui a causé sa mort.
Naguère encore, je le sais, elle pleurait son absence :
de tout le jour elle ne l'avait vu. Elle pleurait : la
pensée de Dieu avait pu seule adoucir son agitation.
Mais la douleur qu'éprouve une épouse séparée de son
époux est consacrée par le lien qui les unit? Il semble
qu'elle peut sans insulter à la Providence, donner un

libre cours à ses chagrins, puisque c'est Dieu qui a
mis tant d'amour dans son cœur. Aussi se laisse-t-elle
aller à la tristesse sans croire blesser sa conscience;
mais la tristesse alors devient maîtresse; et rien ne
serait capable de l'arrêter, si celui qui en est l'objet
n'était rendu à la tendresse qui l'attend. Non! rien,
excepté Dieu !.... Dieu aura voulu, par la douleur,
faire expier à Clara une grande faute; et cette douleur
aura été plus forte que son âme; et son enfant privé du
lait de ses mamelles, aura péri de faim à côté du sein
qui ne pouvait plus le nourrir.

« Voilà leur mort, mon ami! n'accuse plus le
meunier !

Cénami avait écouté son épouse avec tout l'intérêt
que fait naître l'infortune; et des larmes mouillaient
ses paupières. Bientôt il les confondit avec celles
d'Éléonore, en la pressant sur son cœur.

Permets, reprit celle-ci, que j'aille moi-même au
moulin, pour faire rendre les derniers honneurs aux
cadavres d'une mère et d'un enfant abandonnés. Ils
seront, si tu le veux, ensevelis dans leur demeure; puis
tu donneras des ordres pour la démolir. Ainsi seulement seront, effacés de si tristes souvenirs.

— Fais comme il te plaira, dit Cénami.

XII

LE PRISONNIER.

—

Castruccio-Castracani s'était retiré des affaires publiques ; et, à sa place, dans la fonction de premier magistrat, avait obtenu la puissance exécutrice, un homme
intègre, il est vrai, mais dur et inflexible. Il voyait
dans les gibelins captifs des ennemis éternels qu'il ne
fallait pas rendre à une liberté dont ils ne manqueraient
pas d'abuser : aussi était-il d'avis qu'on les traitât en
toute rigueur, du moins ceux d'entre eux qui étaient le

plus à redouter, dont les œuvres avaient, dans la dernière guerre, été le plus funeste à son parti.

Sans doute si le père d'Eléonore eût eu à décider sur le sort de ces infortunés, son jugement eût été empreint de la douceur, de la clémence qui lui étaient naturelles; et ses bons procédés à leur égard eussent achevé de les gagner à la cause guelfe. Mais le nouveau gonfalonier de Lucques ne voyait pas les choses du même œil que son prédécesseur, et la puissance qu'il exerçait sur les esprits était grande dans le conseil des Anciens. Elevé dès sa jeunesse à Florence où les partis étaient acharnés, il avait appris à ne jamais pardonner à un ennemi toujours dangereux, quoiqu'il n'eût contre lui d'autre crime que celui du dévouement à sa cause. Fortement appuyé sur des principes qu'il jugeait pleins d'équité, le chef guelfe voulait faire parmi le peuple, parmi les bourgeois, au sein même de la noblesse, des exécutions terribles, qui effrayassent les faibles, et les empêchassent, à l'avenir, de donner la main à un parti toujours sous les armes, pour reprendre le pouvoir. Il ne voyait pas que c'était la bonté connue de Castruccio qui avait le plus servi le parti guelfe, que c'était la rigueur d'Antelminelli qui l'avait perdu dans l'esprit du peuple de Lucques, au point qu'un instant avait suffi pour anéantir l'échafaudage de gloire qu'il s'était dressé.

Les pauvres Gibelins gémissaient donc dans les fers, sans espoir de liberté, et redoutant une vengeance dont leur parti ne s'était rendu que trop digne ; et l'on ne parlait dans toute la ville que de leur supplice : tant on était persuadé que la clémence serait absente de la déli-

bération des magistrats , ou que si quelques voix s'élevaient en faveur des prisonniers , elles seraient infailliblement étouffés par le dissentiment général !

Parmi ceux qu'on avait entassés dans les prisons fut
trouvé un homme sur lequel était tombé la malédiction
général , un homme couvert de honte à tous les yeux,
un homme chargé d'ingratitude. Il avait encouru la haine publique ; et il n'était personne qui désirât pour lui
le moindre adoucissement à la rigueur des lois.

Abandonné au fond d'un cachot, cet infortuné pourtant avait l'âme tranquille : sans doute il avait fait à Dieu
le sacrifice de sa vie en expiation d'un grand crime. Car
il priait tout le jour ; et la nuit, après quelques instants
accordés au sommeil, il priait encore Des larmes douces comme celle de la résignation coulaient sur ses joues
ou tombaient sur la paille qui lui servait de couche ; et,
à ces larmes, souvent se joignait le murmure de ses lèvres qui imploraient la protection divine sur deux êtres
chéris. En prononçant leur nom, une sensation pénible
l'agitait vivement ; mais lorsque son œil, servant sa
pensée, s'était porté vers la voûte sombre comme s'il
eût pu y découvrir le ciel, il devenait plus calme , et
rentrait dans la paix du chrétien.

Cependant de pieuses âmes visitaient les prisonniers
pour les consoler , et les disposer à la mort, puisque la
rigueur des juges ôtait tout espoir de les conserver à la
vie. Parmi elles on avait remarqué un jeune prêtre dont
le zèle tendre et animé par la charité , autant que par la
pitié , avait apaisé dans plusieurs , la haine qui ne par-

donne pas : il avait su faire trouver des délices jusque
dans la mort. Cet homme de Dieu parut aussi à la porte
du cachot du prisonnier dont nul n'avait osé franchir le
seuil : car les personnes les plus sensibles ne passaient
auprès qu'en frémissant, et s'éloignaient vite, comme
si elles dussent être souillées du voisinage d'un traître.
Le prisonnier, à la faveur des faibles rayons de lumière
qui jaillissaient dans le caveau par un soupirail étroit
et allongé, reconnut l'habillement d'un prêtre.

— Venez, ministre du Seigneur, dit-il, venez préparer à la mort un grand coupable.

— Mais quelle est cette voix, répondit le prêtre? je
l'ai, ce me semble, entendue d'autres fois.

Il parlait ainsi, parce qu'il ignorait, lui, le nom du
prisonnier. Arrivé dans Lucques depuis le matin seulement, il n'avait pas, dans ses visites aux gibelins captifs, entendu prononcer ce nom que tout le monde maudissait. Seulement quand le gardien, avant de lui ouvrir la porte du cachot, lui avait dit :

— C'est là l'homme qui a trahi ses bienfaiteurs... Voulez-vous le voir?

— Il n'a plus besoin de consolation, avait répondu le
prêtre.

Les voici maintenant en présence : ils sont l'un près
de l'autre, ils se sont reconnus.

— Le meunier du Serchio ! s'écrie le pieux visiteur.

— Oui ! répond l'infortuné, le ciel aujourd'hui venge
l'innocence.

— Et comment vous trouvez-vous ici ?

— Par la permission de Dieu qui ne laisse rien impuni.

— Je sais que rien ne se fait ici-bas que dans l'ordre de la Providence ; mais, dites-moi par quel événement vous vous trouvez prisonnier des guelfes, vous qui, coupable d'abord envers eux, avez ensuite songé à réparer votre faute.

— Pourquoi voulez-vous savoir ? laissez-moi mourir pour laver mon crime : j'ai déjà fait le sacrifice de ma vie.

— Mais votre femme, votre fils ! voulez-vous les abandonner ?

Une larme mouilla la paupière du prisonnier, puis un soupir sortit brûlant de sa poitrine ; et il répondit :

— J'ai prié le Seigneur de les prendre sous sa garde il est bien le protecteur de la veuve et de l'orphelin.

— Vous savez que votre femme mourra de douleur, si elle vient à apprendre votre mort. Et alors que deviendra votre enfant ?

— Mon Dieu ! comment serai-je pur à vos yeux ? Il eût bien fallu pour moi à cette heure un baptême de sang.

ÉLÉONORE   9

— Vous avez celui des larmes, Dieu s'en contentera :
il n'en demande pas davantage aux plus grands pécheurs.
Pleurez votre faute le reste de votre vie, mais sans désespoir, sans vous livrer à des pensées contraires à la position où vous êtes placé dans le monde. Votre existence
est encore nécessaire : il faut que vous viviez.

— Je vivrai donc, si ma vie peut être utile, si toutefois ceux que j'ai trahis veulent y consentir !

— Eh bien ! parlez à présent : dites-moi comment
vous avez été plongé dans ce caveau ?

— Alors que l'on faisait grand bruit à Lucques du
procès du noble seigneur Castruccio Castracani, je ré-
solus, malgré le peu d'influence que je pouvais avoir,
de tout tenter pour le sauver. C'était le jour où vous
aviez fui de ma demeure : après vous avoir long-temps
cherché dans les campagnes, je me dirigeai vers la ville.
J'y fus facilement reçu comme ayant trahi les guelfes ;
et je demandai à voir le seigneur Antelminelli lui-
même.

« Lorsque je fus devant lui, il s'applaudit de la présence d'un homme qui pourrait servir ses projets, et me
demanda si je voulais être de ses amis. Je compris sa
pensée : je frémis ; et ma langue glacée resta muette. Il
prit ce silence pour de la timidité, et ajouta :

« Ici il né te manquera rien. »

— Que n'ai-je tout perdu, répondis-je plutôt que d'a-
voir livré mon illustre seigneur. Noble signor, n'allez

pas faire tomber la tête d'un homme vénérable qui ne veut plus se mêler aux combats; ne vous souillez pas d'un sang si pur.

— Ce sont des ordres que tu viens m'apporter, a-t-il répondu.

— Non! ce sont des prières, ai-je repris d'une voix suppliante. En le sauvant, rendez à mon âme la paix qu'elle a perdue.

— Que m'importe ta paix, vil esclave, a-t-il dit.

Et me regardant avec mépris :

« Retire-toi, je n'ai pas de temps à perdre en vains discours.

Le ton avec lequel il prononça ces dernières paroles me fut sensible.

— Prenez garde, m'écriai-je, prenez-garde que le ciel...
Il ne me laissa pas achever. Il donna des ordres ; et ce cachot ténébreux devint ma demeure. C'est ainsi qu'il récompensait dignement le service que je lui avais rendu au moulin.

Lorsque les guelfes ont chassé les gibelins de la ville, j'ai été oublié ici ; puis lorsqu'on m'y a trouvé, on s'est persuadé que j'avais été pris parmi les ennemis, que j'avais ajouté un nouveau crime au premier. Et moi qu'alarmait toujours une conscience coupable, j'ai laissé tout croire, ne voyant d'expiation que dans la mort.

9.

— Vous vivrez, dit alors au meunier le jeune prêtre, ému par ce récit. Signor Castracani saura ce que vous avez fait pour le rendre à la liberté; et vous trouverez dans sa fille une puissante avocate auprès des guelfes.

— La bonne signora! elle m'a déjà pardonné!

— Tous vous pardonneront également. Votre captivité effacera à leurs yeux les taches dont une première faute vous avait couvert.

Alors comme le prêtre voulait quitter le prisonnier, celui-ci le supplia de lui rendre auparavant un pieux office, et se mit à genoux. Le ministre du Seigneur entendit ce qu'il savait déjà; et après une courte exhortation à la confiance en Dieu, il prononça, sans hésiter, l'absolution du pénitent que les larmes avaient d'avance purifié.

Puis le pressant sur sa poitrine pour mêler ses larmes aux siennes, il s'éloigna promptement.

XIII

ANTONIO.

—

Plusieurs jours s'étaient passés depuis l'entrevue du jeune prêtre et du meunier ; et celui-ci était encore dans sa prison, espérant moins que jamais de recouvrer la liberté : car il venait d'apprendre que Castruccio Castracani était attaqué d'une violente maladie que son grand âge rendait très-dangereuse. On l'attribuait aux impressions diverses qu'avait eues à subir son âme durant sa captivité. Ainsi, pendant que le pauvre meunier

se résignait aux coups de la Providence, les serviteurs
de San-Paolo s'emportaient contre lui en reproches
amers.

Pourtant il était au château un ange qui ne savait
pas avoir de la haine, un ange qui veillait près d'un
père chéri, mais qui n'accusait personne. C'est cet ange
qu'on avait montré au meunier comme un puissant
soutien; et ce n'était pas sans raison : son cœur était
tout disposé à se rendre utile même à son ennemi.

Toujours à côté de la couche du vieillard, Éléonore
ou le consolait par de douces paroles, ou lui donnait
les soulagements que pouvait lui inspirer sa tendresse,
ou priait à genoux. Elle aimait tant ce père! il lui avait
tant coûté à conserver! Allait-elle le perdre, alors
qu'elle croyait jouir de sa présence, de sa conversation?
Sa douleur n'était pas moins grande que lorsqu'elle le
voyait aux mains de ses ennemis : une mort plus paisible, en le frappant, ne la priverait pas moins.

Pendant qu'elle était ainsi près du vieillard, on vint
un jour la prévenir qu'un étranger réclamait sa présence à la tour voisine du pont; c'était là, disait-on,
qu'il voulait l'entretenir.

« Me faut-il donc, pensa-t-elle, laisser seul mon
père? il est si accablé! S'il venait à rendre en mon absence le dernier soupir!... Pourtant si quelque infortuné
compte sur moi pour l'adoucissement de ses maux... »

Elle regarda son père d'un œil tendre, et appelant sa suivante chérie, celle en qui elle avait le plus de confiance, elle lui recommanda de rester près de lui, et d'envoyer vers elle, s'il survenait quelque accident. Puis elle se rendit où l'appelait la charité.

Elle entre dans la tour : ô agréable surprise ! c'est son frère ! c'est ce frère qu'elle attendait depuis plusieurs jours !

— Antonio ! dit-elle, de ce ton de voix animé qui échappe à une âme sensible.

— Ma sœur, répondit une voix plus tranquille, qui ne renfermait pas moins d'amour.

Ici se dessinaient deux vertus bien différentes : l'une faite pour le monde avait plus d'élan extérieur. L'autre, amie du silence et de la solitude, se concentrait davantage, et s'était fait une hablitude de modérer des mouvements qui d'ailleurs n'avaient rien de coupables.

Eléonore courut à son frère ; Antonio s'approcha avec moins d'empressement, mais avec une affection aussi grande. Le prêtre baisa le front de sa sœur ; et celle ci, pleine de vénération pour son caractère, n'osa pousser plus loin les démonstrations de sa tendresse. Seulement après ce premier épanchement, elle lui dit :

— Pourquoi, Antonio, es-tu resté dans cette tour ?

Pourquoi n'es-tu pas venu de suite te jeter dans les bras de notre père ? Il est si malade !...

— Malade, dangereusement malade ?... répondit le jeune homme.

— Au point que je redoute à chaque instant que l'âme ne s'échappe d'un corps si accablé.

— Pauvre père !... et je ne puis le voir d'abord : il faut, ma sœur, que je te parle auparavant.

— Tu ne pourrais le faire près de lui !

— Non ! toi seule, tu dois savoir ce que j'ai dans l'esprit, toi seule, tu peux être utile à un malheureux.

— Le meunier du Serchio, peut-être ! N'est-ce pas toi, Antonio, qui as passé une nuit dans sa maison, qui l'as consolé ?... Si c'est toi, j'admire ton zèle plein de compassion ; mais je ne comprends pas ta conduite : rester dans cette contrée plus de quinze jours, sans voir ta famille livrée à la douleur !

— Pardonne, Eléonore, à un cœur qui n'a jamais manqué d'affection pour elle ; mais, alors que les partis étaient prêts à se heurter, alors que dans le château de San-Paolo, on avait encore les armes à la main, je ne voulais pas autoriser, par ma présence, peut-être quelque excès, je ne voulais pas qu'on mêlât le nom d'un prêtre aux discordes civiles. Sans doute il y avait en moi quelque chose qui souffrait de cette séparation ; mais j'ai dû suivre l'impulsion du devoir.

» Ce n'est pas que j'aie été insensible aux maux de ma

patrie. Le souverain pontife sachant que je me rendais à Lucques, m'avait chargé de lettres pour les chefs des partis. J'en remis une à signor Antelminelli ; mais dès qu'il l'eût lu, je n'eus d'autre réponse qu'une expulsion honteuse de la ville. Je me promis bien de rester inactif dans une affaire où mon nom d'ailleurs pouvait faire soupçonner de la prévention en faveur des guelfes. Voilà pourquoi j'ai mieux aimé rester ignoré près de San-Paolo jusqu'a la fin des dissensions.

« Eh bien ! comme tu l'as dit, j'ai répandu quelque consolation dans l'âme troublée du meunier du Serchio, je l'ai vu ramené au plus touchant repentir. Irrité contre lui-même de son ingratitude, il s'abandonnait au désespoir ; mais la lumière divine a.lui dans son cœur, et avec elle l'espérance. »

— Je l'ai vu depuis ce moment, je lui ai parlé.

— Tu ne lui as pas fait de reproches !

— Il avait plus besoin d'être consolé.

— Pieuse sœur ! C'est bien à ta prière, à ta vertu que Lucques doit la paix !

— Qui ne lui aurait pardonné ? il s'est jeté à mes pieds, il s'est abîmé dans la poussière. Puis il a pleuré près du cadavre du pauvre Robert. Mais l'infortuné ! où est-il à présent ? Il sera mort quelque part de douleur. Voici plusieurs jours qu'il n'a pas paru au moulin ; et son épouse a été trouvée morte sur son lit : près de

9..

son cadavre gisait froid comme le sien , celui de son enfant.

— Serait-il possible ?... Mon Dieu, puisse la douleur qui a fait mourir l'infortunée Clara , avoir obtenu miséricorde devant vous !... Il vit encore, le pauvre Pelti ! quelle expiation lui réservait le ciel !... S'il connaissait son malheur, il ne voudrait plus vivre : car la vie n'aura plus pour lui rien que d'amer.

— Qu'il vive encore pour réparer une réputation tant noircie par les discours publics ; que personne n'ignore qu'il est sincèrement attaché à la famille de Castruccio.

— Je le vois, je n'ai pas besoin de te solliciter en sa faveur , de te dire les lourdes chaînes dont il est chargé.

— Il est dans les fers ; et qui l'y retient ? Seraient-ce les guelfes ?

— Eux-mêmes : ils l'ont trouvé dans un cachot, et ils ont cru qu'il avait été trouvé parmi les gibelins, lui qui était victime de la fureur d'Antelminelli auquel il demandait la vie de notre père.

— Et il doit périr ?

— Il est couvert de malédictions par tous les citoyens , et on lui réserve un supplice digne, dit-on , de ses crimes.

— On m'a ici laissé tout ignorer. Merci, mon frè·
re !... J'irai, je parlerai pour lui, je dirai hautement
ce qu'il a fait pour Castruccio ; je demanderai qu'on
lui fasse grâce au nom de cet homme que tous vénèrent,
et qui, avant de mourir, demande la vie de l'infortuné.
Ce sont là, j'en suis sûre, les sentiments de mon père :
et je veux que tes oreilles en entendent l'expression de
sa propre bouche. Allons maintenant près du vieillard :
rien ne te retient plus ici.

— Si j'étais allé d'abord auprès de lui, tout le monde
peut-être, en me revoyant, se serait empressé autour
de moi ; et je n'aurais pas eu le loisir de te parler ; un
jour aurait pu s'écouler avant que tu connusses la situa-
tion de l'infortuné Pelti ; et un jour, tu le sais, est bien
long pour un prisonnier qui attend maintenant avec
impatience le moment où il pourra revoir une épouse
chérie !...

— Quel désabusement !...

— Allons vite à mon père : il me tarde de le voir
avant qu'il meure ; je veux bien, moi aussi, recevoir la
bénédiction paternelle.

A ces mots, ils sortirent de la tour et s'avancèrent
vers l'édifice principal du château. Oh ! combien les pas
d'Eléonore étaient légers ! combien ils étaient prompts à
franchir l'espace ! Quelques instants seulement s'étaient
écoulés depuis qu'elle avait quitté son père, et il lui
semblait que plusieurs jours bien longs l'avaient vue séparée de lui. Elle avait devancé Antonio ; elle parut seule en présence du vieillard.

— Ma fille, dit-il, combien tu as prolongé ton absence !... J'ai craint de mourir sans pouvoir reposer les yeux sur toi !

Pauvre père ! répondit avec larmes la sensible dame.

Et elle alla poser son front sur les lèvres de Castruccio.

Antonio entrait en ce moment. Il s'approcha du lit du malade ; celui-ci ne put le voir : une crise, comme déjà il en avait eues, venait de lui ôter l'usage des sens. Son fils alors leva sur lui la main qui délie les conciences au nom du ciel, et ' pendand qu'il faisait descendre dans son âme la grâce divine, Eléonore, à genoux, priait avec ferveur.

Puis le jeune homme se tournant vers elle :

» Va, ma sœur, va où t'appelle ta charité. Plus tard peut-être il ne serait plus temps ! »

La poitrine d'Eléonore, à ces mots, se gonfla avec effort, et il en sortit un cri prolongé qu'elle n'étouffa qu'à demi, et au milieu duquel Antonio distingua ces paroles :

» Tu veux que je quitte mon père ! »

» Dieu, je l'espère, reprit le prêtre, en récompense de ton zèle, lui conservera la vie jusqu'à ton retour. D'ailleurs, je te promets de lui demander pour toi une bénédiction. »

Elle resta un instant silencieuse, résignée, elle dit à son frère :

« Pourquoi ai-je si long-temps hésité ? Oui, les béné·
dictions du vieillard parviendront bien mieux jusqu'à moi pendant que je briserai des chaînes. »

Elle porta sur le lit un long regard, et sortit pour se disposer au voyage. Nul obstacle ne devait s'y opposer ; son mari était à Lucques, retenu par sa charge : car on délibérait, au conseil des Anciens, sur le genre de peine qu'on infligerait au coupable meunier.

Plusieurs des magistrats étaient d'avis qu'on terminât sans bruit une existence vile et méprisable : ils redoutaient d'ailleurs du tumulte s'il périssait publiquement. Le plus grand nombre demandait que sa mort fût solennelle, pour servir d'exemple dans un temps où les passions étaient si vivement agitées par les partis. Tous avaient donné leur opinion, excepté Cénami. Il se leva donc à son tour, et s'exprima en ces termes :

« Illustres confrères,

» Si l'action coupable du meunier du Serchio n'avait atteint que mon père, je vous dirais : laissez-nous le soin de la vengeance ; et elle eût été de la part du vieillard

une parole de pardon. Mais vous avez, je le vois, à
punir une noire félonie, à venger la morale publique.
Que dirai-je donc pour accorder votre juste rigueur
avec le pardon que mon père a accordé à l'homme qui
l'a trahi ?... Ne pourriez-vous porter contre lui une
sentence solennelle, ordonner un supplice secret, et
renvoyer sans bruit le criminel?

» Considérez que l'affection conjugale est seule cause
de son crime; on avait dit comment il s'y est laissé entraîner ; je n'ai pas besoin de vous raconter ses combats
intérieurs, puis sa chute. Mais ce que vous ignorez
peut-être, c'est son repentir. On m'a dit ses larmes au
pied d'Éléonore, ses larmes près du cadavre de Robert
Castracani. Et savez-vous s'il s'est rendu coupable depuis
son premier crime ? Vous croyez qu'il a été trouvé parmi
les ennemis; mais qu'est-ce qui vous en assure ?... Je
regrette à présent d'avoir caché à Éléonore vos vues sur
cet homme, qui ne m'inspire à présent que de la pitié.
Elle vous aurait dit, elle, ce qu'elle a vu ; et sa voix
aurait été mieux écoutée que la mienne, et sa voix
aurait eu une expression à laquelle vous n'auriez su
résister. Et voilà que maintenant l'infortuné va périr.
Demain! aux premiers rayons du soleil !.... Éléonore
n'apprendra que sa mort. »

Après ce discours, un silence profond régna dans la
salle. Il ne fut interrompu que par le bruit de la porte
qui s'ouvrit; et à tous les yeux parut la fille de Castruccio. Son front était noble et imposant : on y voyait

peinte la charité. Elle demanda à parler, et n'osa lui
refuser une faveur si extraordinaire.

Après avoir exposé l'affection du meunier pour la
famille de Castruccio, elle dit un mot de sa faute,
cachant ce qu'il y avait de coupable au milieu de la tendresse qu'il avait pour son épouse. Puis elle raconta
ce qu'il avait fait depuis son crime : sa voix fut touchante et accompagnée de larmes. Tous les cœurs étaient
émus ; mais la victoire d'Éléonore n'était pas encore
parfaite. Elle leur rappela ce qu'ils avaient refusé de
croire de la bouche d'Antonio, ce qu'ignorait le seul
Cénami : que Antelminelli lui-même était cause de la
captivité du meunier.

« Hésiterez-vous à présent, continua-t-elle ? N'a-t-il
pas racheté son crime ?.... Oui, il aurait voulu au prix
de sa vie sauver celle de mon père !.... Je l'ai entendu
lui-même me dire qu'il ne vivrait pas si le vieillard
mourait !... Vous voudriez le punir !... mais n'a-t-il
pas assez expié une faute arrachée à l'affection conjugale ?
Ignorez-vous donc que son épouse est morte de douleur,
que son fils a péri près de seins arides ?

Les neuf Anciens et le gonfalonnier frémirent à ces
mots, et, touchés jusqu'au fond des entrailles d'un pareil
malheur, ils s'écrièrent tous d'une voix unanime : il
est assez puni.

XIV

DEUX VENGEANCES.

———

La crise où était tombé Castruccio, au départ d'Éléonore, était passée : le vieillard, en rouvrant les yeux, les avaient portés sur la personne penchée vers son lit, et n'avait pas reconnu son ange. L'habitude de voir sa fille lui en faisait distinguer facilement les traits, tandis qu'il reconnaissait avec peine les autres personnes qui venaient lui donner leurs soins, ou le visiter.

— Mon Éléonore, dit-il, m'a donc encore quitté !

— Elle reviendra bientôt, répondit une voix, qui, quoique celle d'un homme, résonna dans le cœur de Castruccio non moins suavement que celle d'Éléonore.

— Qui est-là ? Qui m'a parlé comme parle ma fille bien aimée.

Et il fit un effort pour soulever sa tête et voir.

— Mon père ! avait soupiré doucement le jeune homme.

— C'est mon fils ! c'est mon Antonio !... Je le reverrai donc avant de mourir !... Je lui donnerai à lui aussi ma bénédiction ; et de ses mains j'en recevrai une qui m'ouvrira l'entrée du ciel.

Puis il étendit les bras, et le jeune homme s'y laissa étreindre un instant, en le couvrant de baisers.

— Oh ! si mon Éléonore était là à présent, reprit le vieillard, si je pouvais voir mes deux enfants autour de ma couche, avant de rendre le dernier soupir !... Car je sens qu'il n'est pas éloigné.

— Vous la verrez, mon père ! Elle viendra vous montrer son front orné d'une grâce nouvelle par la charité qu'elle aura exercée.

— Où est-elle donc ? Il faut bien qu'un motif puissant

l'ait appelée ailleurs, pour qu'elle se soit déterminée à laisser son père.

— Elle voulait vous ménager une joie avant la mort. Elle voulait...

— La voilà, interrompit Castruccio.

Il avait entendu le bruit d'une voiture roulant avec rapidité sur le pavé de la cour ; et il ne doutait pas que ce ne fût sa fille qui pressât ainsi l'arrivée.

Un instant après, Éléonore était auprès de son père, heureuse de le voir rendu au sentiment, de voir son visage ivre de bonheur. Puis Cénami entra, accompagné d'un autre homme, qui s'avançait timidement le front incliné.

— Qui vient ici, dit le vieillard à sa fille dont il pressait la main dans la sienne.

— C'est mon époux...

Cénami s'approcha et mit sa main aussi dans celle de Castruccio à côté de celle de son épouse ; car le vieillard avait déjà donné la main droite à Antonio.

Éléonore n'avait rien dit de son absence ; elle n'osait rappeler l'œuvre qu'elle venait de faire.

— Voici l'homme qu'elle a sauvé, dit Antonio, en montrant celui qui avait suivi son beau-frère.

Et le meunier du Serchio se jeta à genoux près du lit, tenant son front dans ses mains.

— Le meunier du Serchio vous demande grâce, dit Éléonore à son père, comme il l'a reçue des magistrats de Lucques.

— Il leur avait été livré, reprit vivement Castruccio? Serait-ce quelqu'un de mes enfants qui ait voulu ainsi venger son père ?

— Tous, au contraire, songeaient à le sauver, répondit Cénami, qui se croyait accusé dans la pensée de son beau-père.

— Pour moi, il y a long-temps que je lui ai pardonné ; qu'il vienne, que je presse sa main pour preuve de l'amitié que je lui ai conservée.

— Ma main, toucher à votre main, dit le meunier d'une voix émue !... Un traître ne mérite pas de pareils égards !... Oh ! non, je devrais rester à vos pieds jusqu'à votre dernier soupir. N'est-ce pas déjà assez que vous m'ayez pardonné ? Je ne puis espérer davantage : un homme qui a livré son bienfaiteur, son père, ne mérite ni confiance, ni amitié.

— Aux yeux de Dieu, reprit Castruccio, le repentir rend l'innocence : serais-je donc plus exigeant que lui? Et comme il admet de nouveau à ses bienfaits, à sa table, à la réception de lui-même, ceux qui, après les plus grands crimes, sont revenus à lui, je dois aussi vous rendre un amour, une estime qu'ont mérités vos larmes. Venez auprès de moi, je l'exige.

— J'ai été insensible à vos bienfaits, et je vous ai trahi. La reconnaissance m'oblige-t-elle encore à recevoir de nouvelles faveurs? Permettez, signor, que, sans blesser le sentiment qui remplit mon cœur, je m'abstienne de m'approcher trop près de vous. Le pécheur, long-temps même après sa faute, se tient humilié devant Dieu.

— Dieu est éternel : il a le temps, quand le coupable a versé assez de larmes, de lui inspirer une plus grande confiance, et de lui donner toutes les marques de son amour. Mais pour moi, qui touche à la tombe, pour moi qui vais paraître devant lui, qui aurai à rendre compte des moindres actions de ma vie, il faut que de mon âme ait été banni tout sentiment contraire à la charité; car il faut une grande charité pour pénétrer au ciel. Je sens la nécessité de m'épancher avec amour, je ne puis y résister : venez donc, ô mon ami.

Les enfants de Castruccio étaient vivement émus en entendant ce discours, en voyant d'une part la perfection de la charité chrétienne, et de l'autre cette humilité profonde, qui seule eût suffi pour laver les taches les plus noires. Sur le visage d'Éléonore, au milieu de la tristesse qui ne pouvait lui manquer près d'un père mourant, on voyait briller une sorte de joie que comprennent les cœurs généreux. Elle sentait en elle ce qu'éprouvait le vieillard; et sa vertu, qui aimait tant à se communiquer, éprouvait un bonheur indicible de voir un père si chrétien.

Le meunier se leva, s'approcha de Castruccio, et celui-ci, recevant de la charité une force qui manquait à son corps fatigué, saisit la main qu'il lui présentait timidement, et, la tirant vers lui, il l'obligea lui-même à recevoir le baiser de la réconciliation.

Alors Éléonore prit la parole, raconta à son père ce qu'avait fait l'infortuné pour réparer sa faute.

« Il est encore, ajouta-t-elle, une expiation qu'il ignore : Dieu l'a envoyée, il faut bien qu'il la subisse. »

Et regardant le meunier :

« Soyez résigné aux coups de la Providence ; elle ne frappe jamais que pour notre bien.

— Dieu, répondit-il, m'aurait réduit à manquer de pain, que je le bénirais !...
— L'expiation sera plus douloureuse encore !... Il est si dur d'être privé de ce qu'on chérit.

Et approchant sa tête de celle de son père comme pour l'embrasser, Éléonore lui fit doucement entendre le malheur qui était tombé sur le meunier, sans qu'il le sût.

—· Pelti, dit le vieillard, vous resterez au château, vous vivrez au milieu de nous. Mon gendre aura pour vous la confiance que que je vous ai accordée.

— Non ! signor ! laissez-moi pleurer mes péchés dans l'ombre, près de l'épouse qui me consolera, et à qui je tâcherai de faire oublier par mes soins nos malheurs communs.

— Dieu ne le veut pas ainsi, mon enfant; il s'est réservé de consoler votre femme : aujourd'hui elle est heureuse....

— Qu'avez-vous dit? Ma femme est heureuse.... Mon Dieu ! elle est donc morte !... Et mon enfant !... est-il mort aussi ?...

Et ses yeux regardaient fixément Éléonore, pour attendre une réponse.

·— Il faut bénir le ciel même des malheurs, répon dit Castruccio. Dans ses œuvres il n'a en vue que notre bien.

Ces paroles rappelèrent Pelti à la pensée de son crime : il se calma un peu, et élevant en haut ses yeux mouil-lés de larmes :

« Vous êtes juste, mon Dieu, dit-il; et vos jugements sont équitables. »

Puis se tournant vers l'auguste malade :

« Seigneur, je vous remercie de tous les bienfaits
dont vous voulez me combler malgré mon ingratitude ;
mais ne m'obligez pas à passer des jours là où mes yeux
verraient à toute heure les personnes vertueuses dont
je me suis montré le plus cruel ennemi. J'ai besoin de
la solitude pour pleurer mes crimes !.... Infortuné que
je suis ! qui ai répandu partout le deuil, qui ai fait
mourir de faim sans doute un pauvre enfant, et de
douleur une mère ! »

Une nouvelle crise en ce moment menaçait Castruccio : ses enfants en reconnaissent l'approche à la pâleur
qui se répand sur son front. On s'empresse autour de
lui : on lui prodigue des soins, et pendant ce temps-là
on oublie et le meunier et la scène qui vient de se passer à son sujet.

La violence de la crise dura une heure, pendant laquelle on était persuadé que le malade allait expirer ;
mais à cette pieuse famille était réservé le bonheur d'entendre encore sa voix, de le voir mourir du moins d'une
mort calme et paisible, de la mort du juste. Il rouvrit
les yeux, embrassa ses enfants, et demanda à Antonio
qu'il voulût bien, en l'absence de son confesseur, le
réconcilier avec Dieu ; et le prêtre une seconde fois éleva
sur son père une main puissante ; et le mourant éprou-
va une plus grande consolation. Puis le vieillard rappela
Éléonore et Cénami, qui étaient sortis pour laisser plus
libre l'épanchement de leur père.

« Mes enfants, leur dit-il alors d'une voix presque

éteinte, aimez-vous les uns les autres comme je vous
ai aimés moi-même ; et sachez pardonner à vos ennemis. Faites-leur tout le bien qu'il dépendra de vous ;
qu'ils soient forcés enfin d'avouer que vous n'avez pas
mérité le mal qu'ils vous font. »

Puis il demanda son petit-fils, le fils de Cénami et
d'Éléonore, et, portant sur sa tête une main tremblante,
il le bénit.

Alors sa voix n'avait plus de force; on pouvait à peine
en distinguer le son. Pourtant on comprit qu'il pro-
nonçait le nom du meunier ; et on fut tout surpris de
sa disparution subite. il avait profité du trouble de la
famille pour s'arracher à des bienfaits dont il s'était
rendu trop indigne : il avait fui.

Comme les symptômes de la mort se manifestaient
sensiblement, Éléonore approcha le crucifix des lèvres
de son père. Il le baisa avec amour ; puis il rouvrit les
yeux pour voir tous ses enfants et les bénir ; et, reportant ses regards sur l'image de Jésus-Christ, il expira
doucement ; sur ses lèvres aussi expirait le nom du
Sauveur.

Cependant, à quelque distance de là, un autre vieillard mourait d'une mort bien différente. Antelminelli,
que les guelfes avaient emmené à Florence, avait été
condamné à périr par la hache. Loin de rappeler dans
son âme les pensées religieuses qu'il avait depuis long-
temps dédaignées; il ne voulut pas entendre parler des

miséricordes du Sauveur ; il s'indigna qu'un prêtre voulût consoler un homme que les autres hommes allaient livrer à la mort.

C'est durant sa captivité qu'il apprit que son fils avait fui une patrie où sa vie n'était pas sans périls ; et il maudit une famille qu'il regardait comme la cause de ses malheurs. On l'entendait souvent la charger d'imprécations, et s'irriter, du fond de son cachot, des honneurs qui la prévenaient, pendant que la sienne n'avait plus d'espérance, pendant qu'il gémissait sans espoir d'être vengé.

Il ne savait pas que là où il envoyait ses malédictions, il y avait une femme qui pensait à le sauver. Éléonore avait appris trop tard ce qu'on réservait au persécuteur de son père ; et déjà elle songeait à se rendre à Florence pour y exciter la commisération en sa faveur, lorsque la nouvelle de sa mort lui fut apportée.

Le malheureux ! il avait rendu le dernier soupir en blasphémant le nom du Dieu qui inspirait si bien la fille de Castruccio ; et, avant de présenter sa tête à la hache, il avait dit :

« Éléonore, ton souvenir a fait mon supplice ; mais je serai vengé.

Un mal que n'avait pas prévu Antelminelli allait plus prochainement frapper la famille de Castruccio. Hors de Lucques le parti des gibelins s'était fait des alliés puis-

sants dans les Pisans, toujours dévoués aux empereurs.
Ils saisirent l'occasion que leur présentait la mort de
l'homme qui avait eu tant d'influence sur le peuple de
Lucques, et fondirent à l'improviste sur cette ville.
Elle ne put résister à une attaque soudaine, et fut de
nouveau livré à la faction gibeline. Celle-ci, maîtresse
de Lucques, voulut se venger de la famille de Castruccio. Tout favorisait ses projets : les guelfes s'étaient retirés du côté de Florence, dont ils attendaient le secours,
et avaient laissé sans défense le château de San-Paolo·
Les ennemis l'emportèrent de vive force.

Alors le désordre y fut à son comble. L'épée des gibelins sema la mort de tous côtés, ses tours et ses for-
tifications furent détruites par les soldats ; et bientôt il
ne fut plus qu'un désert couvert de cadavres et de
ruines.

Cénami, croyant son épouse ensevelie sous les débris
du château, s'enfuit emmenant avec lui son fils, dé
robé au fer de l'ennemi par le dévouement de Lupo
de Poggio. Celui-ci lui conseilla d'aller à Naples, prendre parti dans la querelle de Robert et de Frédéric de
Sicile, et ce fut vers cette contrée qu'ils dirigèrent
leurs pas, pour ne pas être témoins de l'oppression de
leur patrie.

UN FILS ADOPTIF.

I

LA VIGNE DE LA VIERGE.

—

Sur les bords du Serchio, non loin des murs de
Lucques, s'élevait, sur le flanc d'un côteau, une vigne
entourée de jardins : site charmant et pittoresque, où
l'art s'était joint à la nature, pour en faire un séjour
délicieux. En tous sens s'y croisaient de larges allées,
bordées de fleurs, que l'on parcourait toujours avec un
nouveau plaisir ; puis des berceaux de pervanche et de
chèvre-feuille, répandus çà et là, venaient, après mille

détours, offrir aux promeneurs fatigués, des abris sous
leur feuillage, et des bancs de verdure. Du haut de la
terrasse qui terminait l'enclos du côté du fleuve, l'œil
pouvait contempler au loin, ici la richesse des campagnes, là les monts se perdant à l'horizon dans l'azur
des cieux, et plus près, parmi de vertes vallées, les
ondes paisibles du Serchio, où se miraient les grands
arbres de ses rives, sans cesse sillonnées par les barques des pêcheurs ou des étrangers qui venaient visiter
la belle Italie.

Au bout d'une allée dont la verdure était parsemée
de fleurs blanches, on apercevait, de l'entrée de la
vigne, sous un feuillage léger où brillaient quelques
fleurs roses, une madone aux draperies dorées. Là
souvent, sur un grossier escabeau de bois, une noble
dame s'agenouillait et épanchait son âme devant celle
qui toujours console les affligés.

« O ma mère, disait-elle plus d'une fois, protégez
mon époux sur la terre où il a fui, ignorant que je
vécusse encore; protégez mon enfant qu'il a ravi à ma
tendresse. Surtout, ô Vierge sainte, ramenez-les un
jour près de moi; et que ce jour ne soit pas éloigné. »
Cette prière était accompagnée de larmes et de soupirs : pourtant le cœur de l'illustre dame ne manquait
pas de résignation; et elle ne se relevait jamais, sans
avoir renouvelé à sa bonne mère son sacrifice de chaque
jour. Puis alors s'abandonnant au Dieu qui le lui inspirait, elle l'écoutait parler dans son âme, et recevait,

docile à la grâce, toutes les impressions que sa bonté daignait y former.

Combien elle se plaisait dans ces lieux ! Comme elle aimait à faire plonger ses regards vers la vallée voisine, qui, pareille à l'éden de nos premiers pères, réunissait toutes sortes d'arbres et de fruits ! L'onde tranquille du Serchio, qui la traversait, lui rappelait ces fleuves que le Seigneur avait placés dans le paradis pour l'ornement et le plaisir ; et sa pensée se reportait à ce temps heureux où l'homme n'avait pas encore souillé sa blanche robe, où elle était encore pure et belle, telle enfin qu'elle était sortie des mains du Créateur. Elle regrettait pour la terre cette innocence qui aurait fait sa plus belle parure, qui y aurait fixé le bonheur.

Si son regard se portait sur le fleuve, elle comparait l'onde qui fuit à la vie des hommes ; et les pêcheurs lui étaient une image des mortels se chargeant plus ou moins de bonnes œuvres, et disparaissant bientôt pour en recueillir le fruit ; tandis que les curieux étaient dans sa pensée de ces hommes qui jouissent de la vie sans songer qu'il y a un lendemain, et que ce lendemain peut être pour eux dans l'éternité.

" O mon Dieu, se disait-elle alors, quelle est donc notre folie? Voir tous les jours la mort de si près, savoir qu'elle conduit à Dieu ou à une damnation qui n'a pas de fin ! et vivre sans se préparer à ce passage redoutable !... Oui ! c'est là le comble de la folie. "

Alors elle songeait à ceux de ses proches qui avaient
terminé leur course mortelle : elle comptait les uns
parmi les prédestinés ; elle tremblait pour les autres,
surtout pour ceux que la mort avait surpris, ou qui,
après une vie livrée au plaisir, n'avaient donné, au
moment terrible de la séparation, que des signes ordinaires de repentir ; elle tremblait pour ceux qu'elle savait loin d'elle, et que la mort pouvait atteindre sans
qu'ils eussent tout disposé pour le voyage.

Si d'une part elle se réjouissait à la pensée d'un père
mort comme devait mourir tout homme éclairé du
flambeau de la foi ; elle craignait aussi que son époux
ne pérît sur un champ de bataille, la haine dans le
cœur ; que son fils ne grandît, nourrissant dans son
cœur un noir ressentiment contre les ennemis de sa
famille.

A tous ces traits, qui ne reconnaîtrait ici la pieuse
Éléonore, devenue solitaire, vivant loin du monde,
dans une retraite où enfin elle a cru trouver la paix.
Pourtant elle n'est pas seule. Ici souvent, il est vrai,
elle vient seule respirer l'air pur de la campagne, mais
dans la ville, dans la modeste habitation où elle s'est
retirée, elle a un compagnon de solitude, un ami qui
la comprend, un frère qui la chérit. Le bon Antonio
Castracani ne doit plus la quitter. C'est lui dont l'âme
paisible, inaccessible aux violents mouvements du
cœur, a établi dans celle de sa sœur un calme qu'elle
avait à peine connu ; c'est lui qui, riche des lumières
divines qu'il puise tous les jours dans le sacrement de

l'amour, l'éclaire de la sagesse qui vient d'en haut, la
forme à cette vertu qui marche toujours vers la perfection qu'on lui montre, sans dire : je suis assez riche.
C'est lui enfin qui est son ange ; ange plus heureux que
ceux dont la vie est dans le ciel, puisque ceux-ci voient
Jésus-Christ, il est vrai, mais ne peuvent l'avoir dans
le cœur ; ange précieux pour elle, puisqu'il réunit l'a-
mour des séraphins à la lumière des chérubins. Oh !
ne lui parlez pas à lui des plaisirs du monde, de ses
joies, de ses craintes, de ses malheurs ; il ne s'y mêle
pas, parce qu'il a choisi la solitude, pour y livrer à son
cœur des combats plus grands que ceux du monde,
des combats qui portent la vertu jusqu'à l'héroïsme,
des combats que les hommes ne savent apprécier, mais
que Dieu voit d'un œil de complaisance. Il a laissé à
d'autres le soin de consoler le monde ; lui il se sent attiré à une vie de contemplation et d'amour, où, s'élevant au-dessus des misères humaines, on les plaint, et
on s'attache davantage à celui-là seul qui ne manquera
jamais aux désirs.

Aussi, pour favoriser ses goûts de retraite, la Providence qui ne manque jamais aux cœurs fidèles, lui
avait procuré un canonicat dans l'église de Saint-Michel
de Lucques, dignité sainte, dont le premier devoir est
de prier. C'est ce bon prêtre, qui, au sein de la retraite
qu'il s'est faite dans son humble maison de Lucques,
consolait Éléonore de la perte qu'elle avait éprouvée de
ses proches, de ses amis, et de grands biens. Il lui faisait entendre qu'elle trouverait dans une vie consacrée

à Dieu seul, une douce compensation au bonheur ter-
restre qu'elle avait espéré. Et Éléonore, dont l'âme était
grande et généreuse, écoutait ces sages conseils. Pourtant, comme il ne peut y avoir de bonheur parfait sur
la terre, à sa pensée se représentait souvent le souvenir d'un époux, d'un enfant, qui depuis long-temps
étaient séparés d'elle; et alors elle soupirait, elle pleurait, elle priait avec plus de ferveur. Car si Antonio ne
perdait jamais cette paix réservée aux âmes dont le
ciel est l'unique partage, il était difficile qu'il en fût
ainsi de sa sœur, qui avait pour l'attacher à la terre,
des liens immenses , des liens qu'avait même con-
sacrés la religion. Elle avait été appelée, elle, à
cette vie extérieure, moins parfaite, il est vrai,
que celle qui est toute à Dieu , mais faisant partie de l'ordre admirable établi par cette Providence
qui veille aux besoins de tous les hommes, et perpétue
parmi eux des liens de tendresse et de charité.

Elle y avait tant souffert, parmi les hommes, qu'il lui
semblait se reposer dans son nouvel état.

Ainsi s'étaient passés plusieurs années durant les-
quels son bonheur et sa prière n'étaient troublés quelquefois, que par le trop vif souvenir de son époux et de
son enfant. S'ils eussent été morts, elle eût offert au
ciel ce nouveau sacrifice, et peu après la plaie de son
âme se serait fermée; mais ils vivaient, lui avait-on
dit; et elle ne pouvait les voir, les presser dans ses
bras; et ils ignoraient eux-mêmes qu'elle fût encore

en vie; qu'elle souffrît de leur absence. Sa douleu
n'avait donc pas d'écho dans leur cœur : ils l'avaien
peut-être déjà oubliée.

Pourtant, malgré ces moments de soucis, on pouvait
dire qu'elle était heureuse; elle n'était pas même troublée par les changements continuels d'un gouvernement, tantôt guelfe et tantôt gibelin. Mais alors,
comme il n'y avait personne à redouter dans sa famille,
comme elle-même ne se mêlait de rien, on ne songeait
pas à elle, on oubliait qu'elle était fille de l'illustre
Castracani.

Restera-t-elle long-temps dans ce calme si étranger à
la plus grande partie de sa vie? Lorsqu'elle aura recueilli des vertus, la Providence ne voudra-t-elle pas
les éprouver au creuset des tribulations ? C'est là sa
conduite ordinaire : elle ne sera pas changée à l'égard
d'Éléonore, qu'elle veut élever à ce qu'il y a de plus
sublime.

Un jour que, selon sa coutume, elle se rendait avec
la femme confidente de ses pieux exercices, à la *Vigne
de la Vierge*, lorsque, après avoir ouvert la porte qui
fermait le champ, elle eut fait quelques pas vers le
berceau de la madone, elle aperçut, sous un cep de vigne, un paquet de linges blancs. Elle le montre aussitôt à sa compagne; et celle-ci, curieuse de savoir ce
qu'il enferme, y court, et s'empresse de le recueillir.
Quelle est leur surprise, en voyant un bel enfant en-
dormi! La suivante d'Éléonore regardait sa maîtresse

ÉLÉONORE.   11

d'un air plein d'une tendre compassion ; et les yeux de celle-ci étaient fixés sur l'enfant avec une sensible pitié. Puis Éléonore éleva son regard vers le ciel, en disant :

« O mon Dieu, vous êtes le père des orphelins ; c'est vous qui m'envoyez ce pauvre enfant, privé sans doute des auteurs de ses jours ; je ne le laisserai pas sans protection, je serai sa mère. »

Puis elle alla au pied de la madone, prier pour l'orphelin abandonné.

II

LE SACRIFICE.

—

Après ses exercices ordinaires à la *Vigne de la Vierge*, Eléonore s'etait hâtée de se rendre à la maison, riche du dépôt que la foi lui montrait précieux. Son frère, le bon Antonio, fut touché du sort de cet enfant : il le prit dans ses bras, le considéra attentivement, et dit à sa sœur :

— Que veux-tu faire de cet infortuné?

11.

— L'élever comme mon propre fils, répondit Eléonore.

Et une larme coula de ses yeux au souvenir de celui dont elle était depuis si long-temps privée.

— Pensée pieuse et chrétienne ! reprit le chanoine.

Il prononça ces paroles d'un ton de voix où la pitié était empreinte d'une tristesse bien différente de celle qui d'ordinaire l'accompagne.

« Mais, continua-t-il, je tremble pour toi, ma sœur ! tu vas rentrer dans ce monde, où tu as trouvé tant de malheurs ! tu y seras attirée malgré toi par la sollicitude maternelle, heureuse encore si à des soucis ordinaires se bornent les peines que va se créer ta charité ! »

— Me faut-il donc abandonner cet enfant ? C'est bien la Providence qui me l'envoie.

— Oh ! je me garderais bien de détourner ton cœur d'une pensée généreuse ; mais je n'ai pu résister à l'idée de te voir un jour encore malheureuse à cause d'une sollicitude nouvelle. Il me semblait que tu goûtais un bonheur si doux dans notre humble retraite !

— Elevé loin du monde, au sein de nos pieux exercices, cet enfant n'aura pas les goûts du monde ; et tes soins se porteront à orner son âme des vertus et des talents qui mènent à Dieu. Tu l'instruiras de bonne heure de la doctrine chrétienne, tu lui apprendras à aimer une religion, dont un jour peut être, il pourra comme toi devenir le prêtre. Avec une pareille éducation, quels malheurs aurais-je à redouter!

— Béni soit le ciel qui rend la charité si ingénieuse à voir le bien! Aussi n'ai-je plus à craindre de te détourner d'une action que j'approuve au fond de mon cœur, devant laquelle tu ne saurais reculer. Mais je ne sais quels pressentiments me font redouter de cet enfant un avenir funeste. L'éducation sans doute a beaucoup d'influence sur l'âme d'un enfant; mais il est quelquefois des natures difficiles à surmonter, il est de ces vices qui se transmettent avec le sang : qui sait quel est celui qui parcourt ses veines! tu pourrais lui être utile, sans l'adopter toi-même.

— Mon frère, ton affection pour moi a jeté du noir sur tes pensées. Je n'irai pas chercher à connaître l'origine de ce petit orphelin : hélas! je ne la soupçonne que trop sûrement. Mais ce sang qui bat dans son cœur est, je le présume, un sang ordinaire, un sang énervé peut-être, à qui nos soins rendront la vigueur, pour la diriger vers le bien.

— Puisse l'avenir s'accorder avec tes pensées! J'aime à me le persuader : il me serait trop dur de voir ce pauvre petit sortir maintenant de notre maison! tu seras sa mère, Eléonore, et moi, je le prends pour mon fils.

Il dit, et il le pressa sur sa poitrine; et ses larmes tombèrent brûlantes sur le visage de l'orphelin.

Cependant l'enfant se réveilla, et ses yeux se rouvrirent; et il regarda avec surprise ceux qui l'entouraient.

« Qu'il est beau! que ses yeux sont vifs, s'écria Eléonore! On dirait le regard de mon père!... Nous l'appellerons Castruccio. »

Antonio se tut : cette fois il laissa sa pensée cachée au fond de son âme.

Eléonore avait repris dans ses bras son enfant adoptif; et, se retirant dans son appartement, elle s'agenouilla au pied du Crucifix qui recevait ses prières de chaque jour :

« O mon Dieu! dit-elle, protégez cet petit être, pour lequel je ressens déjà la tendresse maternelle. Oui, vous veillerez sur lui : ce n'est pas en vain que vous avez mis en moi tant d'affection et d'amour. Désormais je veux être sa mère, et je fais vœu d'avoir pour lui toujours la même tendresse. »

Puis il lui sembla être rassurée sur le tort de celui qu'elle avait recommandé au protecteur de l'orphelin, et elle songea à se procurer ce qui était nécessaire à un enfant, trouvé, quoique âgé déjà de plus d'un an, environné seulement de quelques langes.

Comme on ne savait s'il avait reçu le baptême, Antonio le lui administra conditionnelle, et le nom de Castruccio lui fut donné en mémoire de celui dont la vertu laissait tant de souvenirs.

Il grandit, et Éléonore recueillit de ses lèvres plus d'un sourire ; souvent ses petites mains s'attachèrent au cou de sa mère, et la bouche de celle-ci se colla sur son visage. Oh ! qu'elle trouvait douce alors une adoption qui semblait lui donner de si heureuses espérances ! Qu'elle aimait à voir le petit Castruccio joindre avec vivacité ses mains, et regarder le Christ, en récitant des prières apprises avec une facilité incroyable !

C'était l'âge où une mère est toute puissante sur le cœur de son enfant ; mais lorsque la raison commença à se développer, avec elle s'accrut insensiblement un esprit d'indépendance qui le portait à négliger les avis de ses parents adoptifs pour suivre sa propre volonté. Il n'avait plus la même ardeur pour la prière ; et les leçons chrétiennes que lui donnait Antonio lui paraissaient insipides et ennuyeuses. Il fallait user presque de rigueur pour briser l'opiniâtreté d'un caractère pour qui le genre d'étude où on l'initiait était contraire aux penchants qui peu à peu se montraient à découvert dans son âme. Mais si on le menait hors de la maison, il voyait de petits enfants du peuple jouer, lutter ensemble sur la place publique, il attachait vers eux ses regards, il voulait qu'on s'arrêtât pour qu'il pût les considérer à loisir ; et, s'il eût osé, il eût demandé à partager leurs jeux. Passait-il des gens armés, voyait-il briller des casques et des lances, alors il tressaillait de joie, il sautait, il appelait pour les montrer ; et souvent lui-même il aimait à figurer les exercices militaires qu'il avait remarqués à un âge où on ne soupçonnait pas une pareille intention.

Antonio et Éléonore étaient vivement affligés des dispositions de leur élève ; mais, espérant que peut-être une retraite où Castruccio n'aurait sous les yeux aucun des objets qui faisaient battre son cœur, effacerait de sa mémoire leur impression, et le rappellerait au devoir, il fit bâtir un petit logement dans l'enceinte de la vigne, et y fixa sa demeure. Là du moins nulle autre chose que les fleurs, la verdure, les campagnes, ne frapperait sa vue, et peut-être, dans la solitude, entendrait-il avec plus de docilité les conseils, et se livrerait-il plus sérieusement à l'étude où déjà, malgré ses précautions, il avait fait de grands progrès ? Mais il ne fut pas plus sage que dans la ville, au milieu du tumulte et du bruit : son caractère ne devint que plus intraitable ; et quand l'âge lui donna plus de force et de hardiesse, on fut bien souvent surpris de ses absences : il s'échappait de la vigne, et courait à Lucques, où bientôt il eut lié amitié avec ces mêmes enfants dont il avait, quelques années auparavant, envié la liberté.

En vain voulut-on imposer des obstacles à ses nouveaux écarts : tous les ressorts de la ruse lui vinrent en aide pour en triompher ; et l'on commença à avoir à son sujet de sérieuses inquiétudes. Pourtant Éléonore, malgré cette conduite, ne pouvait se défendre de l'aimer ;

et plus il se rendait infidèle, plus les liens qui l'attachaient à lui se resserraient.

« Irais-je l'abandonner, disait-elle quelquefois à
présent qu'il a le plus besoin de secours ? »

Pourtant elle se garda bien de faire connaître le
nœud qui, outre la charité, la tenait attachée à son enfant adoptif : elle ne disait pas le vœu qu'elle avait formé
en secret.

Antonio, voyant cette affection de sa sœur, ne pouvait se décider à se séparer d'un orphelin, si indigne
pourtant de sa protection. Pour le surveiller de plus
près, puisqu'il ne pouvait le retenir dans l'enceinte
de sa nouvelle habitation, il résolut de revenir dans
sa maison de Lucques. Castruccio alors crut avoir
remporté une grande victoire sur l'esprit de ses parents ; et dès ce moment, il ne fit plus rien d'après
leurs conseils ; il ne voulut plus ouvrir de livres ; et,
la plus grande partie du jour, on le voyait avec d'autres enfants de son âge courir sur les places publiques,
s'armer de bâtons, figurer des combats, ou d'autres
fois leur disputer l'honneur d'une lutte qui toujours
lui restait : car à une force prodigieuse il joignait une
adresse plus grande encore. Ainsi il avait acquis parmi les enfants de la ville une sorte d'empire qui le
faisait respecter de tous et lui donnait sur eux une
grande influence. Ainsi perçait déjà cet esprit de
domination qu'il devait avoir au suprême degré, et
cette facilité de maîtriser les esprits qu'ont d'ordinaire

11..

les personnes qui s'élèvent par elles-mêmes aux grands emplois.

Cependant un homme jouissait d'une grande considération dans la ville de Lucques. Il avait servi en qualité de *condottierie,* dans les armées du duc de Milan ; et, après de longues années de fatigues, il s'était retiré dans sa patrie, où il jouissait de l'estime et de la considération de ses concitoyens. Outre sa valeur connue, il était d'ailleurs distingué par sa naissance et ses richesses.

La vigueur et l'adresse de Castruccio firent impression sur François Cuinigi ; il s'informa de sa naissance ; et le récit de l'aventure qui l'avait fait passer dans la noble maison des Castracani, l'intéressant davantage en sa faveur, il le fit appeler.

— Jeune homme, lui dit-il, à quelle carrière vous destinez-vous ?

— On me réserve l'habit ecclésiastique, dit Castruccio.

— N'aimeriez-vous pas mieux être élevé en gentilhomme, apprendre à monter à cheval, à manier les armes, que de végéter dans la maison d'un prêtre, occupé de messe et de bréviaire ?

A ces mots le fils d'Eléonore releva fièrement la tête :

— Seigneur, dit-il, pour le métier de soldat je laisse-
rais volontiers tous les chanoines et tous les bénéfices de
la chrétienté.

Cuinigi, dont la religion n'était pas profonde, ne re-
marqua pas ce que renfermait d'ingratitude la réponse
du jeune homme : car il est à croire que le pieux Antonio ne l'aurait pas contraint à suivre une vocation
contraire à ses penchants. Mais Castruccio avait le
cœur fermé à la reconnaissance : oubliant les bontés
de ceux qui l'avaient recueilli, qui avaient élevé son
enfance, il ne songea plus qu'à suivre les volontés d'un
homme qui lui ouvrait une voie conforme à ses inclinations. Celui-ci d'ailleurs avait admiré la hardiesse
de sa réponse et sa prompte détermination ; et il espérait de donner en lui au parti gibelin qu'il défendait
un officier remarquable.

A la suite de cet entretien, Cuinigi en eut un autre
avec le chanoine Castracani, qui, voyant l'impossibilité
de changer la conduite de Castruccio, aima mieux le
lui abandonner que de s'exposer au scandale de bruits
publics, s'il gardait dans sa maison une personne qui
dédaignait toutes leçons religieuses. Cependant il prit
cette détermination, sans consulter Eléonore, qu'il savait
bein devoir s'y opposer, à cause de l'affection qu'elle
avait toujours eue pour lui. Ainsi il voulut cette fois
prendre sur lui une décision, qui faisait mal à son
cœur, mais qu'il croyait lui être imposée par la conscience, plutôt que de livrer la tendresse de sa sœur à

un combat cruel qui eût créé des obstacles. Mais telle était la dureté de cœur du jeune Castruccio, qu'il s'éloigna de la maison de ses parents adoptifs, sans leur donner un baiser d'adieu, sans dire un mot de souvenir à la bonne et sensible Eléonore. Et quand celle-ci apprit ce qui avait été fait à son insu, elle s'abandonna à la douleur et aux larmes, elle se plaignit à son frère de ce qu'il lui avait ravi son enfant.

— Un autre l'a adopté, lui dit-elle, il ne me regardera plus comme sa mère !

— Ton affection, ma sœur, répondit Antonio, tombait sur un cœur ingrat : il se soucie peu maintenant du nom de mère qui te flattait ; le plaisir nouveau qu'on lui a promis lui fait oublier jusqu'à ta tendresse.

— Il ira dans les combats, il exposera sa vie, et sa mère ne sera pas là pour lui parler de Dieu, pour le protéger ! car, mon frère, je l'aime ; et mon amour ne s'éteindra qu'avec ma vie.

— Ses penchants le portaient au mal ; je voyais naître en lui un esprit de domination qui ne se serait pas restreint dans une position ordinaire : Pour mon canonicat, je ne le lui aurais pas résigné ; ce n'est pas de tels hommes qu'il faut à l'église. Pour tout dire, un jour il m'eût fait rougir d'avoir formé un pareil élève.

— Sans lui que va devenir mon existence ?

— Ta vie doit être, je le vois, remplie de sacrifices offre encore celui-ci au ciel.

— Oui, il est bien amer !... pourtant, puisque Dieu m'envoie cette peine, je la reçois de sa main.

Et des larmes mouillèrent ses paupières.

« Me voilà seule, séparée de lui, continua-t-elle ! pourtant je dois toujours l'aimer, je dois veiller encore sur lui. »

— Pourquoi ? Le Seigneur te rend maintenant à la solitude ; dans ton malheur, jouis du bienfait qu'il te présente, rentre dans la paix qui charma les premiers temps de notre retraite.

— Il n'y aura pas de paix pour moi, tant que vivra Castrucccio !... Non, mon frère ! ma vie est entièrement dévouée à sa vie.

Le bon Antonio respecta le sentiment que n'avait pu détruire la mauvaise conduite du jeune homme. Seulement, au souvenir de la pensée qu'il avait eue autrefois en le tenant dans ses bras, il éleva les yeux au ciel, en disant :

« Mon Dieu, adoucissez-lui le sacrifice. »

Pour Eléonore, elle était allée dans son appartement, et agenouillée devant ce même Crucifix qui avait reçu ses promesses :

« Mon Jésus, dit-elle, j'ai fait vœu de l'aimer, je l'aimerai jusqu'au dernier soupir, je l'aimerai jusqu'aux plus grands sacrificés, ma viie dût-elle n'avoir pas même un instant de repos. »

III

LUTTES DU COEUR.

—

Le jeune Castruccio répondit parfaitement aux espérances de son protecteur : il se montrait en toute occasion le plus courageux, le plus intrépide des jeunes gens de son âge ; son habileté dans le maniement des armes, autant que sa force plus qu'ordinaire, lui assura toujours la victoire dans les divers tournois donnés à la noblesse ; et il effaça les plus illustres chevaliers. Doux, aimable et modeste dans la société dont l'estime parais-

sait nécessaire à son ambition naissante, il était aussi
bien considéré par ses concitoyens que dans la maison
de son protecteur.

Castruccio avait à peine atteint sa dix-huitième année,
lorsque les guelfes chassèrent de Pavie les gibelins. Le
duc de Milan chargea Cuinigi du soin de rétablir ceux-
ci ; et le vieux capitaine sentit renaître en lui la valeur
et le courage. Persuadé qu'il aurait d'ailleurs un puissant appui dans la jeunesse robuste, dans les talents de
Castruccio, il accepta une mission qu'il pensait devoir
ouvrir à son protégé une belle carrière. Il lui confia
donc, dans cette guerre, l'exécution des opérations les
plus importantes ; et le jeune homme montra tant d'intelligence, de sagesse, de valeur, que bientôt toute la
Lombardie retentit de son nom. A la fin de l'expédition
il revint à Lucques, où sa réputation qui l'y avait pré-
venu, lui préparait un accueil distingué ; et nulle famille, quelque noble qu'elle fût, ne vit jamais autant
d'estime et de respect entourer ceux de ses membres
qu'avaient distingués d'éminents services.

Cependant François Cuinigi fut atteint d'une maladie mortelle ; il ne jugea personne plus digne de sa confiance que Castruccio, et il lui confia la curatelle de son
unique fils, âgé d'environ treize ans. Puis il mourut.

Les grands biens dont Castracani eut l'administration
portèrent si haut sa puissance et son crédit à Lucques,
qu'elles excitèrent la jalousie de ceux des nobles, qui,
par leur naissance et leurs richesses, croyaient avoir

droit à plus de considération. Amis d'ailleurs de la liberté de leur pays, ils voyaient avec peine l'élévation
d'un homme qui ne s'arrêtait pas sur un degré, déjà si
haut, de gloire ; qui, un jour sans doute, les punirait
d'être nés dans une condition noble, d'avoir des fortu-
nes considérables, d'être, en un mot, en position de lui
disputer la puissance. Parmi eux on remarquait Georges d'Opizi, l'un des chefs de la faction des guelfes : il
espérait, après la mort de Cuinigi, voir son parti reprendre l'influence ; et Castruccio, héritier de son pouvoir et de ses idées, maintenait la balance en faveur des
gibelins. Sa pensée, un jour, se porta vers cette fille du
vieux Castruccio qui autrefois avait remué les cœurs
par sa magnanimité, qui avait élevé l'enfance de l'homme qu'il redoutait.

« Peut-être, se dit-il, aura-t-il assez d'influence sur
son cœur, pour l'attirer à un parti qui fut celui de ses
ancêtres. »

Il se rendit donc à la maison du chanoine et demanda
un entretien particulier avec Eléonore.

— Signora, lui dit-il, c'est en votre famille qu'espéra
jadis notre patrie, c'est par elle que Lucques obtint un
rang distingué parmi les villes libres de la Toscane.
Serait-ce donc aujourd'hui un homme que vous avez
élevé vous-même, dont le nom est celui de l'illustre
Castruccio, votre père, qui protégerait une faction enne-
nemie de nos libertés, qui voudrait même asservir la
république?

— J'ai vu mon fils, répondit Eléonore ; je lui ai parlé de la direction de ses premières armes ; et il m'a promis d'employer son crédit pour rendre à votre parti son ancienne prépondérance.

— Vous l'aimez ; et votre tendresse vous porte à croire à ses paroles. Mais prenez garde !... Ce n'est pas votre sang qui coule dans ses veines, ce n'est pas un cœur comme celui de Castracani, qui bat dans sa poitrine. On ne lit pas sur son front le fond de son âme : les nuages qui l'obscurcissent parfois annoncent des desseins secrets. Et puis on ne le voit pas chercher ses amis parmi les guelfes ; ce qu'il y a de plus enclin à la cruauté et à la tyrannie dans la faction gibeline, a obtenu sa confiance ; on dit même hautement que nos têtes sont à prix, qu'il vise à la souveraine puissance.

— Vous le croyez ainsi, noble Georges !... Jamais je n'aurais ajouté foi à de pareils discours, si des lèvres moins pures que les vôtres les eussent tenus, si je n'a-avais connu la droiture de vos intentions.

Et Eléonore porta un triste regard vers le crucifix, confident de ses peines ; car une cruelle douleur venait de descendre dans son âme. Elle était confirmée dans la pensée qu'elle avait eue déjà, elle reconnaissait qu'il n'y avait pas de franchise sur les lèvres de Castruccio.

— D'Opizi, dit-elle, si vous avez quelque attachement pour la famille de Castracani, si le souvenir de mon père a quelque pouvoir sur vous, je vous en conjure, ne perdez pas ce fils que le ciel m'a donné, ce fils, pour qui, malgré son éloignement, je ressens toute la tendresse d'une mère.

— Si quelquefois, il va visiter votre retraite, ce n'est point la reconnaissance qui l'y conduit : il espère que votre dévouement pour lui protégera ses vues ambitieuses, et que la voix de l'illustre Eléonore arrêtera encore le fer qui pourrait menacer la tête d'un objet chéri. Personne n'ignore avec quelle dureté de cœur il quitta votre maison pour celle de Cuinigi, dont la grandeur flattait son orgueil.

— Je le répète, au nom de l'amitié qui vous unit à mon père, ne le traitez pas en toute rigueur. Je le verrai moi-même, je lui parlerai, je lui rappellerai le nom qui lui fut donné le jour de son baptême, en mémoire d'un illustre défenseur de la liberté.

— Dieu veuille, signora, qu'il entende vos paroles, et que vos amis ne soient pas ainsi forcés de prendre des mesures violentes pour veiller aux intérêts de la patrie.

— Il m'entendra, sans doute, il ne sera pas insensible à mes larmes. Priez, pieux autant que noble Opizi, pour que le ciel touche son cœur.

— Si ma voix peut être entendue là-haut, elle ne manquera pas à l'amitié de la fille de Castruccio, au dévouement que m'inspire la patrie.

En disant ces mots, le gentilhomme lucquois s'éloignait, laissant Eléonore dans la plus triste inquiétude.

» Mon Dieu, dit-elle alors, voici encore mon âme livrée aux plus mortelles angoisses. Sans doute, si j'avais
écouté la voix d'un frère qui me faisait entrevoir de
grands malheurs, je me serais épargné bien des peines.
Oui ! mais était-il possible à mon cœur d'abandonner
cet enfant ? Antonio lui-même ne l'aurait pas abandonné.
Je ne saurais donc me repentir de l'œuvre que j'ai faite :
c'est bien la Providence qui confiait à ma sollicitude
cet orphelin. Mon Dieu, puisque c'est vous qui m'ins-
pirâtes la pensée d'élever son enfance, rendez auprès de
lui mes paroles fortes et puissantes ; faites qu'elles aient
sur son cœur cette autorité que doit avoir une mère...
Mais que dis-je ? ma prière sera-t-elle exaucée ?... il ne
m'écoutera pas !.. Pourtant je n'ai pas cessé de l'aimer;
s'il quitta notre maison, ce fut à mon insu ; s'il resta
loin de moi, c'est que je n'étais plus libre de le rappeler.
Vous qui pénétrez au fond des cœurs, mon Dieu, vous
le voyez, ma tendresse n'a jamais défailli. Oui, j'irai,
ma voix ne sera pas sans force : il m'entendra.

Elle priait ainsi devant le Crucifix qui recevait toutes
ses larmes, lorsque son frère ouvrit la porte de l'appartement. Il venait s'informer auprès d'elle du motif qui
avait amené dans sa maison l'illustre d'Opizi.

— Par quel hasard, lui dit-il, Georges est-il entré
dans notre manoir ? Je ne l'avais plus vu chez nous
depuis la mort de notre père.

— Il est venu me rappeler mon devoir de mère, une
sollicitude que je négligeais.

— La famille de Castruccio Castracani sera donc toujours malheureuse, s'écria Antonio ! La retraite lui avait
rendu la paix ; et voilà qu'elle va encore se jeter au milieu des factions ; que celle à qui le sexe interdit le maniement des armes, va remuer des passions qui ne manqueront pas de lui être funestes.

Et s'adressant à Eléonore :

— Privée du fils de Cénami, tu n'as pas d'autre devoir de mère à remplir que de prier pour lui, s'il vit
encore. Pour le protégé de Cuinigi, le riche gouverneur
de son fils, il n'est plus sous ta tutelle ; et rien ne t'o-
blige à veiller sur lui. Laisse donc les morts enterrer
leurs morts ; et nous, jouissons de la paix que nous offre
la solitude.

— Mon frère répondit Eléonore, je resterai ici pendant que l'orage menace, pendant que celui que je ne
puis me défendre d'aimer se précipite dans un abîme
profond ! si je restais ici, la paix habiterait moins encore dans mon âme : la tendresse pour mon fils adoptif
me livrerait de trop rudes assauts. Il faut que je le voie,
que je lui parle.

— Si tes paroles doivent être vaines, pourquoi veux-
tu perdre une paix que peut-être tu ne retrouveras plus.

— A-t-on jamais interdit au feu cette propriété qui
dévore ? Et le cœur d'une mère peut-il être tranquille, si
un péril menace l'objet qu'elle chérit ?

S'il eût toujours habité sous ce toit, s'il n'eût pas renoncé à notre tendresse, tu pourrais te croire obligée
à veiller sur lui ; mais dès-lors qu'il consentit à recevoir
d'autres soins, qu'il ne tint plus compte du nom de fils
que tu lui avais donné, il perdit tout droit à ton affection.

— S'il a manqué à son devoir, je ne saurais manquer
au mien : je dois l'aimer, Antonio, je ne puis me défen·
dre de l'aimer ; et puis d'ailleurs son nom est bien Castruccio. Souffrirais-je que ce nom soit souillé ?

Eléonore garda le secret de son amour ; et son frère
ne put comprendre le motif de tant de dévouement.
Pourtant aux paroles de sa sœur, il reconnut qu'il serait
inutile de chercher à la combattre encore.

— Que Dieu te protége, fille de Castruccio, dit-il en se
retirant, si c'est sa gloire qui te rappelle au milieu des
dangers.

IV

GLOIRE DE CASTRUCCIO.

—

Deux hommes se promenaient dans les vastes allées
d'un jardin qui avait appartenu autrefois à François
Cuinigi, le *Condottiere.*

— Nous aurons bien des obstacles à vaincre, disait
le plus jeune ; mais il faut nous armer de courage ; il
ne faut pas céder à nos ennemis.

— Oui, répondait le perfide conseiller, votre gloire ne manque pas d'envieux ! Dans quelques réunions de jeunes gens, j'ai ouï certains discours à demi voilés, qui semblaient annoncer qu'une conspiration ne tarderait pas à menacer vos jours, et, parmi eux, je le sais, le fils de Georges d'Opizi a plus d'une fois réveillé contre vous l'enthousiasme, sous prétexte de vouloir défendre la liberté de la république.

— Malgré tous leurs efforts, il leur faudra subir le joug. Le tuteur de Marcello lui préparera un rang distingué qui portera bien haut le nom des Cuinigi.

— Auparavant, que d'obstacles à vaincre !

— Ils s'applaniront tous devant moi. Sans doute les esprits des guelfes sont irrités ; ils sont fiers de la protection du roi de Naples ; mais un temps viendra qu'elle leur sera inutile. En attendant, il faut dissimuler, et préparer en secret les piéges qui doivent renverser leurs complots. Parmi nos ennemis, le plus redoutable est, sans contredit, Georges d'Opizi : c'est vers lui que sont fixés tous les regards des guelfes ; c'est lui dont l'influence et les richesses contrebalancent encore celles dont j'ai hérité de Cuinigi. Eh bien ! je le jure ici devant vous : cet homme périra par mes ordres ; il périra, et alors je serai puissant : car le parti guelfe n'aura plus d'appui dans l'intérieur de la république.

Cependant on vint annoncer à Castruccio qu'Éléonore venait d'arriver à son palais.

« Que me veut-elle encore, se dit-il ? Croit-elle que je veuille rester ignoré dans Lucques comme le chanoine Antonio, qui ne s'occupe que de prières ?

Et se tournant vers son conseiller :

« Irai-je ? lui dit-il ; vous savez combien elle m'ennuie avec tous ses discours ? Qu'ai-je à faire de cette femme ?

— Vous avez dit tout-à-l'heure qu'il fallait encore dissimuler. Allez donc ! peut-être d'ailleurs apprendrez-vous quelque chose d'utile à vos intérêts.

— Vous avez raison ; puis, s'il le faut, je saurai bien me délivrer d'elle.

Il dit, et se dirigea vers l'appartement où l'attendait Éléonore.

Celle-ci, dès qu'elle l'aperçut, se hâta d'aller au-devant de lui. Suivant sa coutume, elle l'embrassa avec affection ; mais il n'opposa à cette tendresse qu'un regard froid et insensible. Et lorsqu'ils furent assis, Éléonore prit ainsi la parole :

« Si ma voix, mon fils, pouvait avoir encore quelque puissance sur votre cœur, j'aurais à vous donner quelques avis, utiles autant à vous qu'à un pays dont la prospérité m'est si précieuse. Jusqu'à ce jour je ne vous ai rien caché de mes pensées : j'espère que vous regarderez ma franchise comme un témoignage de l'affection que j'ai pour vous.

12

» Prenez garde, Castruccio, de donner accès dans votre cœur à des idées immodérées d'ambition. On dit hautement que vous aspirez à un degré de puissance où les lois de la république ne permettent pas d'élever un citoyen ; on dit que vous employez ; pour y parvenir, la séduction et l'intrigue.

» J'ai eu de la peine à ajouter foi à de pareils bruits ; pourtant il est de mon devoir de prévenir de grands maux, s'ils étaient fondés. Vous m'êtes trop cher pour que je voie avec indifférence votre vie menacée par la résistance vigoureuse que ne manqueraient pas d'opposer à vos desseins les amis de la liberté. Qu'iriez-vous faire ?... Obtenir peut-être un peu de puissance que vous ne pourriez conserver qu'en tremblant, qu'en frappant des coups mortels !

» Rappelez-vous ce que vous devez à la famille de ce Castruccio qui aurait donné mille vies pour défendre la liberté de sa patrie. Le nom que vous portez est le même ; que ce nom ne soit pas souillé par le crime ; que la postérité n'ait pas à faire entre deux noms illustres d'autre distinction que celle des époques où ils ont brillé dans le monde par d'éclatantes vertus.

Elle s'arrêta ici, attendant une réponse de Castruccio ; mais il garda un morne silence.

« Vous ne répondez pas, mon fils, continua-t-elle ; vous n'accorderez pas même à mes paroles un regard d'approbation !

— Un chemin m'a été tracé, dit enfin froidement le gouverneur du fils de Cuinigi : je dois le suivre dans l'intérêt de l'enfant dont un protecteur dévoué m'a laissé le soin. C'est lui qui a été le principe de mon élévation : je serais ingrat, si je trompais ses espérances.

— Cuinigi n'aspirait qu'à la considération, à l'estime de ses concitoyens ; et vous, vous portez vos vues plus haut. Prenez garde ! plus l'élévation est grande, plus la chute est profonde, et d'ailleurs que vous restera-t il d'une puissance extrême à la fin de la vie, si non les craintes et le remords ? Puis viendront les malédictions de la postérité.

» Cuinigi ne vous a point inspiré une pareille ambition. Sachez, mon fils, qu'un ambitieux n'a jamais de repos : vous l'avez déjà senti peut être.

— Il est, signora, d'une noble intelligence d'élever haut ses pensées, d'aspirer à ce qu'il y a de plus magnifique.

— Oui, dans tout ce qui n'est pas contraire à la vertu. Mais il n'est jamais permis d'acquérir une puissance qui doit peser sur les peuples ; de se frayer un chemin vers elle en répandant le sang ; de la défendre, lorsqu'on l'a obtenue, en immolant à ses craintes les meilleurs citoyens. C'est là ce qu'on trouvé les Lucquois dans tous les tyrans qui ont dominé sur eux ; et celui qui usurpe le pouvoir ne peut faire autrement, s'il veut le conserver.

— Ces pensées ne sont pas de vous, ma mère. Jamais

vous n'aviez dans votre fils soupçonné une âme si noire.
Sans doute, mes ennemis ont voulu me ravir votre tendresse, ils ont voulu profiter de l'influence de votre
nom pour me perdre.

Ainsi parlait le fourbe', pour tromper le cœur de celle·
qui l'aimait ; et Éléonore le crut : elle alla se jeter dans
ses bras, elle le pressa sur sa poitrine.

— Dites vous vrai, mon fils, reprit-elle ? Que vos
dernières paroles me rendent heureuse !

— Il est à Lucques des hommes, je le sais, qui sont
jaloux de la considération dont je jouis. Si j'ai quelque
chose à craindre, c'est plutôt de leur haine. Je serai
heureux, si j'échappe aux coups que me prépare
Georges d'Opizi. Il a déjà excité contre moi Robert, roi
de Naples, et j'ai à redouter à chaque instant de voir
mes mains chargées de pesantes chaînes.

— Non ! ils n'attenteront pas à votre liberté ; vous
aurez, pour les adoucir, toute la tendresse de votre
mère.

— Ceux que l'ambition anime mettent sous les pieds
les doux sentiments de la nature. Pour parvenir·,
on frapperait même sa mère, si elle était un obstacle
de plus.

— Non ! vous vivrez ! le cœur est tout puissant.

Là finit leur entretien ; et dès qu'Eleonore fut sortie,
Castruccio donna l'ordre que toutes les fois : qu'elle
viendrait au palais, on dit qu'il était absent. Puis il
reçut un de ses amis.

— L'empressement que je vois sur ton visage, lu dit Castruccio, me porte à croire que tu m'apportes une bonne nouvelle. Parle vite, il me tarde de savoir.

— Retiré depuis quelques jours dans ma maison de campagne, située sur le chemin de Pise, j'ai eu la visite de quelques-uns de ces Lucquois gibelins que les guelfes ont chassés de la ville. Ils savent tes dispositions en faveur de leur parti, et ils comptent sur ta protection.

— Quelle lumière, ami, s'écria Castruccio! le nouveau tyran de Pise nous affranchira de nos ennemis. Faisons des propositions à Uguccione della Taggiole. L'espoir de devenir maîtres à Lucques tentera son ambition, et il viendra la surprendre avec nos concitoyens exilés.

Il dit, et sur-le-champ il écrivit des lettres que son ami devait porter aux gibelins.

L'espérance de Castrúccio ne fut pas trompée : Uguccione fut chargé d'une occasion qui s'offrait à lui de devenir plus puissant, et, de concert avec le traître lucquois, il s'empara de la ville. Ce ne fut plus alors que la plus horrible proscription parmi les citoyens qui avaient paru dans la faction des guelfes : le sang ruissela à flot; et l'une des principales victimes fut Georges d'Opizi.

Qui pourrait dire la douleur d'Éléonore, en voyant sa patrie livré à un étranger, les victimes immolées par la perfidie de son fils? Plus d'une fois elle se présenta à

12.

la maison de Castruccio, pour tâcher de donner accès dans son âme à des pensées moins cruelles, mais l'ingrat avait donné ordre à ses gens de lui en refuser l'entrée ; et elle fut obligée de concentrer en elle-même toute sa douleur, de pleurer sans autre témoin que son frère et la solitude.

Pourtant un jour la tendresse maternelle l'arracha encore une fois à sa retraite, et elle demanda à parler à Castruccio.

« Dites-lui, fit-il répondre, qu'elle ait à ne plus sortir de sa maison : elle doit savoir que sa famille et surtout elle-même sont suspectes à des gibelins. »

Il semblait que plus Castruccio l'accablait d'outrages, plus les liens qui l'attachaient à lui devenaient étroits et puissants. Elle passait de longues heures au pied de ce crucifix qui avait reçu ses vœux ; et sa prière était toujours accompagnée d'abondantes larmes : elle demandait à Dieu sa protection sur un fils égaré.

Cependant, à Florence, les guelfes avaient pris les armes de concert avec ceux de Lucques. Ils s'étaient avancés vers cette ville, disposés à tout tenter pour en chasser les gibelins. Déjà ils étaient dans la vallée de Nievole ; et les ennemis ne se présentaient pas pour s'opposer à leur marche : car ils avaient déjà emporté plusieurs forts sans beaucoup de difficultés. Ils apprirent enfin qu'Uguccione était retenu au lit par une indisposition grave, et que le jeune Castruccio devait commander l'armée ennemie. Alors ils ne doutèrent

plus de la victoire. Le jeune chef des gibelins ayant su
l'idée peu avantageuse qu'ils avaient de son talent,
feignit de les craindre, et de n'oser sortir de ses retran-
chements.

Enhardis par cette terreur apparente, les Florentins
devinrent téméraires; la certitude qu'ils croyaient avoir
de l'infériorité des ennemis leur fit négliger la disci-
pline militaire; ils sortirent de leur camp sans précau-
tion, comme pour insulter aux gibelins. Castruccio les
laissa faire pour les accoutumer à la licence; mais un
jour qu'ils s'étaient plus avancés, lui, qui épiait toutes
leurs démarches, vint avant le point du jour, ranger,
non loin des ennemis ses troupes en bataille. Puis,
voyant l'occasion favorable, il fondit sur eux avec tant
d'impétuosité, qu'ils furent obligés de reculer, et
bientôt la confusion et le trouble se mêlèrent dans leurs
rangs.

Pourtant il était du côté des guelfes un corps de troupes qui semblait vouloir faire une vive résistance. Il
était commandé par un noble seigneur qu'on disait
venu depuis quelques jours seulement du midi de
l'Italie où ses services l'avaient haut placé dans l'estime
des princes napolitains. Cet homme, qui tenait à la
liberté de Lucques, sa patrie, qui avait appris la conduite odieuse de Castruccio à l'égard de sa mère
adoptive, aperçut le chef ennemi parmi les premiers
rangs des gibelins; et il voulut délivrer son pays d'un
homme qu'il regardait comme l'ennemi le plus dangereux que la Toscane renfermât dans son sein.

Il dirige donc ses soldats du côté de Castruccio. Celui-ci a vu ce mouvement, et les deux chefs s'avancent l'un vers l'autre, pleins d'ardeur et de courage. Ils sont en présence, ils mêlent leurs armes avec vigueur; deux fois le guelfe a dirigé sa lance sur la poitrine de Castruccio, deux fois celui-ci l'a évitée; mais comme une troisième fois un coup va l'atteindre, il incline son corps pour laisser passer le fer. Le chef guelfe s'était attendu à rencontrer la poitrine de son ennemi : il avait déployé toute la force de son corps; et, par cela même, il lui était plus difficile de se remettre promptement sur la défensive. Castruccio eut donc le temps de préparer un coup terrible, un coup mieux assuré; et son arme lancée avec force renverse à terre son rival baigné dans son sang.

A cette vue, les guelfes furent saisis de frayeur; découragés par la mort d'un si vaillant capitaine, ils n'osèrent lutter plus long-temps contre l'homme qui l'avait terrassé; et la déroute de ce corps de troupes entraîna celle de l'armée. Castruccio, maître du champ de bataille, où, parmi des guelfes illustres, avaient péri de nobles princes napolitains, rentra à Lucques, couvert de gloire; et le peuple, qui l'aimait, applaudit à son triomphe, et éleva son nom jusqu'aux astres.

V

DUPLICITÉ.

—

Castruccio s'était couvert de gloire à la bataille de Niavole : les grands, lorsqu'il rentra à Lucques, lui firent honneur par des festins magnifiques, pendant que le peuple donnait ce qui était en son pouvoir, les cris de joie et les *vivat*.

Mais la gloire de Castruccio avait excité la jalousie d'Uguccione della Taggiole ; et, depuis le dernier com·

bat, le tyran de Pise ne cherchait qu'une occasion de le
perdre. Elle ne tarda pas à se présenter. L'un des premiers seigneurs de Lucques fut assassiné, et l'auteur
du crime alla se réfugier dens la maison de Castruccio.
Soit que celui-ci fût l'instigateur de l'attentat, soit
qu'il ne voulût pas qu'on violât l'asile choisi par le coupable, il fit armer ses gens pour le défendre, dispersa
les archers, et lui donna le temps de s'évader. Uguccione,
informé de cette aventure, crut avoir trouvé le prétexte
qu'il désirait, et envoya à Néri son fils, qu'il avait revêtu
du pouvoir à Lucques, l'ordre de se saisir de Castruccio
et de le mettre à mort. Le gouverneur, effrayé d'une
telle mission, fit bien arrêter le rival de son père, mais
il n'osa aller plus avant dans la crainte d'encourir l'indignation des Lucquois. Irrité de sa pusillanimité, Uguccione partit lui-même de Pise avec quatre cents hommes
d'armes, déterminé à venger un affront qui ne pouvait
rester impuni.

A la vue du péril qui menaçait son fils adoptif, Eléonore avait été émue jusqu'au fond des entrailles. Elle
pria devant le Crucifix qui entendait ses soupirs soli-
taires, puis, armée d'un courage aussi grand que sa foi,
elle partit pour la prison de Castruccio.

Celui-ci y était enfermé depuis la veille, et, dès le
moment où la porte du cachot s'était refermée derrière
lui, il n'avait vu personne : Néri redoutait qu'une seule
de ses paroles n'enflammât les cœurs et n'excitât une sé-
dition. Livré ainsi à ses propres réflexions, cet homme,

qui avait compté sur une subite rébellion d'un peuple
qui l'aimait, perdit toute espérance quand il eut vu se
passer une longue nuit sans trouble et sans tumulte.
Cette audace qui naguère lui faisait braver les dangers
l'abandonna, et il se trouva accablé sous l'empire de la
crainte et du désespoir.

« Que lui avait servi, pensait-il, tant d'années d'intrigues et de complots ? N'avait-il signalé glorieusement
ses premiers pas dans la carrière des combats, que pour
voir ses lauriers oubliés dans l'obscurité d'un cachot ?
— Il allait périr, et pourtant il avait à peine atteint
sa vingt-cinquième année. Il allait périr, alors que sa
poitrine se gonflait de joie et de bonheur, alors qu'un
horizon immense s'ouvrait devant lui, et qu'un soleil
brillant et magnifique semblait devoir éclairer ses jours.
Il allait périr, alors que tout lui promettait le succès de
ses vastes projets, et qu'il entrevoyait dans un avenir
rapproché le moment où s'ouvrirait d'elle-même pour
lui la porte du palais de la gloire.

Maudit soit le jour, se disait-il encore, où j'ai quitté
l'humble maison du chanoine Antonio, pour aller livrer
aux hommes une vie qu'ils ne devaient pas apprécier !
Que n'avais-je écouté les leçons de cette bonne mère
dont la voix était si douce, dont le cœur était si bon
et si tendre !... Me voici à présent seul en présence de
la mort qui sourit, qui s'applaudit de frapper une proie
qu'elle n'attendait pas encore !... Je mourrai si jeune !
Pourtant il est de la vigueur dans ces bras, de la har

diesse dans mon âme! Mes amis, pourquoi m'avez-vous abandonné ?

Il dit, et, se levant du lieu où il était assis, il se mit à parcourir l'étroit espace du cachot, en poussant une sorte de rugissement qui retentit sous la voûte, et se perdit ignoré, derrière les verrous impitoyables.

« Si du moins, continua-t-il, je n'avais éloigné de moi la protection de ma mère, si je n'avais renoncé à sa bonté, à présent elle viendrait à mon secours, elle remuerait les cœurs comme autrefois, et me sauverait comme elle sauva son père ! Mais non! il faut que je meure, privé d'appui, sans exciter de regrets, excepté peut-être de la part de ceux que mes succès auraient enrichis !... qui sait si ma fin même ne sera pas ignorée des hommes, si mes ennemis, pour empêcher la sympathie du peuple, ne me frapperont pas ici du glaive, sans que mes yeux aient pu revoir librement le ciel bleu ?... »

A peine avait-il achevé, qu'il entendit des pas non loin de la porte du cachot ; et le bruit de plusieurs clés lui fit comprendre que c'était le geôlier. Il n'était pas jour encore : quel pouvait être le but de cette visite ? Il fut saisi d'une frayeur mortelle ; et, lorsqu'il entendit la porte s'ouvrir, il resta debout, immobile, comme un homme privé de sentiment.

Le geôlier regarda derrière lui, et s'adressant à la personne qu'il accompagnait :

« Faites promptement ce que vous avez à faire,
lui dit-il ; je ne serai pas long à revenir. Si on venait
à vous surprendre ici, je paierais de ma tête mon in-
fidélité. »

Ces paroles firent entrer une lueur d'espérance dans
l'âme du prisonnier ; ses yeux se portèrent, vifs et empres-
sés, vers la personne qu'on lui annonçait, et quelle
fut sa surprise, lorsque, à la faveur d'une lampe qu'elle tenait à la main, il reconnut Eléonore. Il détourna
la tête pour ne pas rencontrer le regard de celle qu'il
avait tant outragée ; il s'enfuit dans un coin obscur du
cachot ; mais elle l'y suivit, en répétant ce nom que
ses lèvres aimaient à prononcer.

— Mon fils ! mon fils ! disait-elle , ne fuyez pas , ne
fuyez pas une mère qui vient vous consoler.

— Sa présence ici , au moment où je vais périr ,
répondit Castruccio , est un reproche adressé à mes
crimes.

Et il se mit à fuir encore.

— Une mère n'a pas sur les lèvres de reproches pour
son fils, alors qu'il est malheureux : ce cachot a
plus fait que n'auraient pu obtenir tous mes discours.

— Non, non ! laisser-moi, je dois mourir.

ÉLÉONORE.   13

— Mourir, vous, à présent surtout que vous reconnaissez la vanité de la gloire, à présent que sans dout-
te vous comprendrez mieux la tendresse maternelle ! Venez, mon fils, entendre ma voix : elle sera douce et tendre ; je ne sens pas d'aigreur dans mon âme.

— Serait-il possible ? Ce n'est pourtant pas votre sein
qui m'a porté ; en naissant, je ne vous ai pas coûté de
douleurs, et mon visage ne retrace aucun des traits de
votre époux. Qu'est-ce donc qui peut vous attacher à
moi, malgré les outrages ?

— Vous étiez orphelin ; Dieu vous confia à ma garde.
Et moi, qui n'avais plus de fils, je fixai sur vous toute
la tendresse que j'avais eue pour lui ; je devins votre
mère ! . . . . Une mère peut-elle cesser d'aimer son
fils ?

Castruccio enfin fut touché : il sembla, pour la première fois, apprécier une affection que le tourbillon des
honneurs avait effacée dans son esprit. Il vint près d'Eléonore ; et celle-ci l'embrassa tendrement.

— Je suis un peu consolée à présent, reprit-elle,
puisque mon fils m'est rendu, puisqu'il ne me refuse
plus son amour. Mais je ne suis pas heureuse encore :
il faudrait que cette porte s'ouvrît, il faudrait qu'il re-
vît, libre et sans danger, la lumière du jour.

— J'ai trop d'ennemis, dit Castruccio en soupi-
rant.

— Mais il y a dans mon âme autant de force que de tendresse. Je n'aurai pas peur, Castruccio ; j'irai parler à ceux qui ont de l'influence dans la ville, je les prierai de protéger mon fils. Mes prières, mes larmes les toucheront, j'en suis sûre. J'irai, s'il le faut, demander votre liberté à Uguccione della Tag-giole !

A Uguccione ! à Uguccione ! s'écria Castruccio, dont ce nom venait de réveiller la haine. Il ne vous l'accordera pas ; et d'ailleurs, voudrais-je, moi, lui savoir gré d'un peu de clémence ? Si je dois vivre encore, ce bras le pour-suivra toujours, il le poursuivra jusqu'à ce que ma ven-geance soit satisfaite.

— Mon Dieu ! qu'ai-je entendu ?

L'espoir d'être sauvé par la protection d'Eléonore avait rappelé le prisonnier à celui de réaliser ses projets de grandeur ; et l'ambition, qui venait de nouveau se ren-dre maître de son cœur, étouffa presque dès leur naissan-ce les sentiments de tendresse qu'avait obtenu enfin la sen-sible Eléonore. Poutant il feignit encore une grande affec-tion pour elle ; et craignant que, s'il laissait éclater sa haine, sa mère adoptive ne renonçât à la pensée de le délivrer, il changea tout-à-coup de langage.

— C'est Dieu, dit-il, qui vous envoie près de moi, ô la meilleure des mères !... Non, je ne chercherai pas à obtenir une vengeance dont le droit n'appartient qu'à lui. Dès ce moment, je renonce à la haine, je renonce à la

13.

gloire, aux honneurs ; je vivrai près de vous, je consolerai votre vieillesse.

Eléonore ne put lui répondre autrement que par ses larmes et ses embrassements ; et, au fond de son âme elle bénissait le Seigneur qu'elle pensait avoir changé le cœur de son fils : elle ne soupçonnait pas toute la duplicité dont est capable un ambitieux.

Cependant le geôlier arrivait.

« Sauvez votre fils, bonne et tendre mère, dit Castruccio en l'embrassant. »

Au même instant s'ouvrit la porte du cachot.

VI

DÉLIVRANCE.

—

Il y avait parmi les gibelins de Lucques une famille
noble et puissante , qui défendait avec zèle la cause des
empereurs qu'elle regardait comme ses légitimes sou-
verains. Ce n'était donc point l'esprit de parti ou le désir de dominer qui la rendait fidèle au drapeau qu'elle
avait adopté ; mais elle suivait l'impulsion de son chef,
qui plus d'une fois lui avait montré dans la résistance
aux guelfes le devoir impérieux de la conscience.

Comme elle savait que parmi ses ennemis il était grand nombre de nobles gentilshommes, qu'animait aussi bien qu'elle-même l'amour de la patrie, elle les combattait sans haine et sans colère : aussi, lorsque les autres seigneurs qui défendaient le même parti méditaient d'odieux projets de vengeance, elle, toujours docile à la voix de la religion, s'efforçait de calmer les esprits, et leur montrait dans les guelfes des concitoyens, des frères.

L'homme qui entretenait de pareils sentiments dans sa famille était ce même Etienne de Poggio, que nous avons vu déjà défendre en présence de l'ambitieux Antelminelli la cause du chef des guelfes, du noble Castruccio. C'était par son influence autant que par le secours de ses armes, que Lucques avait été soumise à la faction gibeline, et pendant long-temps la considération dont il jouissait avait pu établir une sorte de paix, d'accord même entre ceux de son parti et les guelfes restés dans la ville. Mais, lorsque le nouveau Castruccio eut, par les premiers exploits, par les richesses de Cuinigi, obtenu une grande place dans l'estime publique, il trembla pour sa patrie : car il reconnaissait dans ce jeune homme une âme capable de haines atroces, et le germe d'une ambition démesurée. Pourtant, comme ses amis, il applaudit au succès de ses armes, qui faisaient respecter au dehors le gouvernement des gibelins; et oubliant même ses premières impressions, alors que sa patrie était asservie à un étranger, il espéra en Castruccio, pour son affranchissement.

Etienne avait donc vu avec peine l'arrestation du rival d'Uguccione; et il songeait avec ses enfants aux
moyens de le sauver, lorsqu'on lui annonça la visite
d'une dame qui demandait à l'entretenir. Depuis le procès du vieux Castruccio il n'avait plus vu sa fille, il ne
la reconnut pas; et, lorsqu'il l'eut introduite dans son
appartement, comme il la pressait de s'expliquer sur
l'objet de sa visite.

— Je viens vous demander, signor, lui répondit-
elle, une grâce pareille à celle que je reçus jadis de
votre bienveillance, sans vous l'avoir demandée.

— Qui êtes-vous donc, reprit vivement le chef gibelin? Je ne me rappelle pas vous avoir jamais vue : l'âge
aura effacé dans mon âme d'anciens souvenirs.

— Je suis la fille de ce Castruccio que vous délivrâtes
des mains d'un ennemi barbare qui avait juré sa
mort.

— Vous, signora Éléonore! vous, la noble fille de
Castruccio? Qui aurait pu, sur ce visage où les chagrins
sans doute plutôt que le temps ont marqué leur passage, reconnaître cette jeune dame dont la beauté ne relevait pas mal la noblesse?

— Les chagrins! oui, signor. Pouvais-je oublier un
époux, un fils séparés de moi pour toujours?

— Ils méritaient bien votre affection : tout opposé
que je leur étais par mes opinions, je ne pouvais me

défendre d'admirer la grandeur d'âme de Cénami, et
de ressentir une sorte de plaisir en songeant que les
inclinations de votre enfant, dirigées par son père,
nous donneraient au moins un ennemi généreux. Le
ciel vous les a ravis; mais votre époux est mort en
brave, en combattant pour la cause qu'il soutenait avec
le même désintéressement qui m'anime : aussi ai-je
donné des larmes à sa mort?

Ces paroles, prononcées par un homme qui croyait
Éléonore instruite d'un si fâcheux événement, furent
terribles pour elle. De terribles pensées vinrent assail-
lir son âme, et elle s'échappa en sanglots : car les paroles d'Etienne s'accordaient avec certains bruits qui
lui étaient parvenus sur le compte de son époux.

Dieu, signora, a voulu éprouver votre vertu, comme
on fait de l'or dans le creuset, reprit Etienne, qui attribuait sa douleur au seul souvenir de son époux.

— Je n'ai pas lieu de me plaindre de lui; je sais
que le moindre de ses bienfaits est cabable d'adoucir les
chagrins les plus amers; la pensée du ciel surtout est
une grande consolation dans la vie.

Ainsi Éléonore voulait-elle cacher le véritable motif
de sa subite tristesse, pour ne pas nuire à l'objet de
son entrevue avec Etienne de Poggio. Elle était intérieu-
rement livrée à tout ce que la douleur a d'horrible, et
elle s'efforçait de la contenir.

Vous pouvez, illustre de Poggio, continua-t-elle, calmer une de mes inquiétudes, sécher une de mes larmes.

— Je serais aussi barbare que ce jeune homme à qui va si mal le nom de Castruccio, si je ne vous accordais mon appui en tout ce qui dépendra de moi.

— Il fut emporté par l'ardeur de la jeunesse, il oublia ses devoirs ; mais aujourd'hui l'infortune l'a ramené à de meilleurs sentiments ; il mérite votre bienveillance et votre protection.

— Serait-ce pour lui que vous viendriez demander mon appui ? Je ne peux le croire, après tout le mal qu'il vous a fait : pourtant, je ne l'ignore pas, votre cœur est si généreux !

— Il m'a causé de vifs chagrins : mais une seule de ses paroles me les a fait oublier.

« Elle ignore donc, pensa Etienne, que c'est lui qui a persé le cœur de son époux : si elle le savait, ce nom qu'elle aimait dans son père lui ferait infailliblement horreur dans la personne d'un étranger, en faveur duquel ni la nature ni le sang ne parlent dans son âme. »

Pourtant il ne voulut pas l'éclairer alors, soit qu'il craignît d'augmenter sa douleur, soit qu'il sentît le besoin de ménager Castruccio dans son esprit.

13..

Après un moment de silence, qui parut à Éléonore occasioné par la réflexion que demande une décision importante, Etienne répondit :

« Quand je n'aurais, signora, dans la protection que vous désirez être accordée à Castruccio, d'autre avantage que celui d'avoir pu vous obliger, je serais disposé à employer tous mes efforts pour sauver de la mort l'homme que vous aimez ; mais un autre motif bien puissant m'y engage : c'est l'amour de la patrie qui brûle dans mon sein. Un étranger a usurpé le pouvoir dans notre ville ; et sous prétexte de défendre les intérêts des gibelins , il nous accable sous le poids de la plus odieuse tyrannie. Ce n'est pas seulement de la gloire de Castruccio qu'il a été jaloux, il a craint que ce jeune homme, aimé du peuple, ne devînt un jour le rival de sa puissance, ou du moins ne songeât à la renverser. Plaise à Dieu que les vues de votre fils se bornent à cette dernière pensée ! Quoi qu'il en soit, il importe, dans la circonstance présente, qu'il soit délivré du cachot où l'a jeté la haine : ses talents, sa valeur, abattront une puissance usurpée.

— Mon fils ne doit plus se mêler de guerres et de batailles : il m'a promis de partager la retraite où je coule des jours presque ignorés des hommes.

— Il l'a promis au fond d'un cachot ; mais quand il aura revu l'air libre du dehors, quand des paroles flatteuses auront retenti à ses oreilles....

— Il l'a promis avec larmes ! et d'ailleurs le cachot est une terrible leçon. Seigneur, sauvez-le malgré cette résolution, sauvez-le comme vous sauvâtes mon père.

— Je vous l'ai dit, le respect, la considération que j'ai pour votre famille, pour vous en particulier, suffiraient pour m'imposer le devoir de le défendre. Oui, je mettrai tout en œuvre pour le rendre à sa mère; mais, ne vous aveuglez pas, signora, je le rendrai aussi à la patrie.... Mais qu'ai-je entendu? écoutez!... Déjà son nom retentit dans les airs, le peuple sans doute s'est soulevé pour le délivrer, pour....

— Usez de votre influence, signor, interrompit Eléonore effrayée, pour apaiser ces hommes qui ne manqueront pas de répandre du sang. Que mon fils soit sauvé ; mais que du sang ne coule pas.

— Il est impossible qu'il n'en soit versé, si l'on doit anéantir la puissance d'Uguccione : le tyran ne cèdera qu'après avoir tout tenté pour la conserver.

— Mon Dieu ! fit Eléonore en élevant les yeux vers le ciel, Castruccio sera cause de tant de massacres !

Cependant arrivait un des fils d'Etienne ; il racontait comment le peuple s'était ameuté auprès de la prison de Castruccio, avait reçu de lui l'assurance d'une protection sans bornes, s'il était sauvé ; comment le palais du gouverneur avait été envahi, et lui-même massacré en présence de ses gardes.

— Castruccio est perdu, s'écrie Eléonore ! Uguccione, qui vient, dit-on, à Lucques avec une armée, commencera l'œuvre de la vengeance par sa mort.

— Non, reprit vivement le fils d'Etienne ! il vivra pour sa patrie ; il vivra pour l'affranchir du tyran qui nous opprime. Ici, dans la maison de mon père, est réuni l'élite de la noblesse ; tout le monde est d'avis d'envoyer une ambassade à Uguccione lorsqu'il rentrera dans la ville, et de lui demander au nom des grands, au nom du peuple, la vie de l'illustre vainqueur de Nievole.

— Ainsi du moins, dit la mère de Castruccio, il sera sauvé, et le sang ne coulera pas..

— Hâtons-nous, mon père, interrompt le jeune homme, impatient de remplir la mission que venaient de lui confier ses amis : venez entendre les vœux de la noblesse. C'est sur vous qu'elle a jeté les yeux pour être le défenseur de Castruccio près du prince.

— Moi, j'irai m'abaisser devant le tyran !

— Il importe de dissimuler jusqu'à ce que Castruccio ait prémédité avec nous les moyens de le renverser du pouvoir.

— Allez vers Uguccione, dit aussi Eléonore : vous m'avez promis de tout tenter pour me rendre mon fils.

— Considérez, mon père, reprit le fils de Poggio, que si nous n'obtenons sa délivrance, le peuple qui l'estime, les soldats qui l'adorent, se soulèveront pour le défendre ; et qui sait s'ils ne le porteront pas desuite à la place du tyran.

— Oui ! ajoute Eléonore émue, prévenez toute pensée d'ambition dans le cœur de mon fils. Allez, noble Etienne de Poggio, allez remplir les vœux de vos amis ; vous acquerrez ainsi toute sorte de droits sur l'affection de Castruccio ; et désormais vos conseils seront précieux à sa jeunesse.

— J'irai, dit enfin le vieillard, puisqu'il le faut pour l'intérêt de la patrie, pour la gloire de la noblesse, et pour vous satisfaire, fille du généreux Castruccio.

— Puisse le ciel bénir votre projet ! puisse-t-il rendre vos paroles toute-puissantes sur le cœur du prince ! disait Dianora, en saluant Etienne et son fils.

Et les deux gentilhommes allaient rejoindre l'assemblée de la noblesse.

Pour la mère de Castruccio, elle se dirigea vers la maison de son frère, tristement préoccupée des craintes les plus vives sur le sort de son fils, ou sur un avenir dont les brillantes espérances aveugleraient peut-être son esprit déjà porté à la domination. Ne venait-il pas d'ailleurs de promettre au peuple son appui ?... Cette âme naturellement ambitieuse de pouvoir et de gloire ne manquerait pas de profiter de la faveur du peuple et de la noblesse pour poser les bases d'une puissance qui

plus tard lui susciterait des ennemis comme à Uguccione... Etait-ce là pourtant ses promesses à sa mère.

Puis Eléonore se représentait à l'esprit la pensée qui
l'avait préoccupée en présence d'Etienne, son époux
mort naguère, peut-être de la main de Castruccio lui-
même.

« Peut-être le fils de Cénami, pensait-elle, aurait subi
le même sort ! Et elle sauvait celui qu'elle soupçonnait
être le bourreau de sa famille, celui qui depuis long-
temps lui faisait outrage sur outrage, celui qui peut-
être lui avait parlé dans la prison avec un cœur double
et plein d'artifice.

Déjà elle ressentait une sorte d'éloignement pour l'auteur des soucis qui l'assiégeaient ; déjà elle commençait
à se repentir d'avoir travaillé pour le sauver, lorsque se
rappelant l'enfance de l'orphelin trouvé à la *Vigne de
la Vierge*, elle songea au vœu qu'elle avait fait à Dieu.

« Pardon, mon Dieu ! dit-elle, je vous ai offensé. Pardon ! protégez les jours de Castruccio. »

Elle était rentrée dans sa maison, et déjà elle répan-
dait ses ferventes prières au pied du Crucifix, lorsque
retentit dans toutes les parties de la ville le nom de
Castruccio ; puis les oreilles d'Eléonore furent frappées
de ces cris : Mort à Uguccione ! mort au tyran !

Qui pourrait dignement peindre les angoisses de l'in-

fortunée mère en ce moment cruel ? Son fils allait peut-
être tremper ses mains dans le sang de son rival ;
son fils allait peut-être attirer sur lui, par d'odieuses
prétentions, la haine et les malédictions des amis de la
liberté.

Pleure, fille d'un homme généreux : celui dont le
salut t'est si cher ne porte pas dans le cœur la magnanimité de ta race. Pleure! tes larmes ont une cause lé-
gitime : car les malheurs ne sont pas à leur terme.

Lui seul est désarçonné et il va mordre la poussière.

VII

LE TOURNOIS DE PERETELLA.

———
●

Les intrigues autant que les talents de Castruccio l'a-
vaient élevé à la puissance des princes : une victoire lui
en donna le titre. Son autorité absolue maintenant se re-
posera sans doute paisible sur la bienveillance d'un peuple qui le chérit, et il cessera les intrigues et les complots. Telle eût été sa conduite si la paix pouvait entrer
dans le cœur d'un ambitieux. Il faut bien qu'il soupçonne la fidélité de ses amis, qu'il haïsse, qu'il frappe ceux

qui ont servi à son élévation. Etienne de Poggio, qui l'a
sauvé, sera mis à mort avec un grand nombre d'autres
seigneurs ; Eléonore elle-même sera encore dédaignée ;
et, comme si elle eût pris part aux conspirations, on la
forcera, après mille outrages, à fuir de Lucques, à se retirer dans l'humble solitude de la *Vigne de la Vierge*,
où elle n'aura plus la compagnie d'un frère, que l'ingratitude de Castruccio a fait mourir avant le temps,
d'ennui et de tristesse.

Il semble alors à Castruccio être vraiment grand et
puissant, et ses vues ambitieuses le portent vers d'autres faits glorieux. Parmi les villes dont il veut devenir
le maître, Pistoie lui paraît une proie digne de ses efforts, et il fait si bien qu'une perfidie la livre à son
pouvoir.

Sa réputation est parvenue dans toute l'Italie, les villes dévouées au parti gibelin demandent sa protection ;
on l'appelle à Rome pour apaiser des troubles, et il y est
fait sénateur.

Il était encore dans la capitale du monde chrétien lorsqu'on lui apprit que Pistoie avait massacré sa garnison
et s'était rendue aux guelfes. Il se hâte de terminer les
affaires de Rome et court vers la ville rebelle.

Il savait bien qu'il serait arrêté non loin de Pistoie
par les troupes florentines, beaucoup plus nombreuses que les siennes : aussi avait-il formé d'avance ses
plans de défense et d'attaque. Il rencontra enfin ses

ennemis dont les immenses phalanges remplissaient le
chemin et les vallées voisines : leur donner bataille en
ce lieu, c'eût été se livrer à une armée dont le nombre,
en l'environnant, eût paralysé ses efforts. Le prince de
Lucques feint de le redouter, et fait rebrousser chemin
à ses soldats. Les Florentins, emportés par leur ardeur,
le poursuivent ; mais, lorsqu'ils sont arrivés au pied
de deux montagnes, en un lieu où le passage est étroit
et resserré, Castruccio fait volte face et mène ses soldats
au combat : car maintenant il ne sera pas inférieur à ses
ennemis, leurs rangs ne pouvant s'étendre de deux côtés. La lutte est acharnée, et malgré l'impétuosité des
combattants, malgré le sang qui coule à flots, elle ne
laisse pas d'être longue et prolongée.

Cependant les Lucquois ont vu flotter un étendard
sur le château qui domine l'une des montagnes. Sans
doute les Florentins en attendent quelques secours, et
Castruccio, peut-être surpris sur les flancs et par derrière, aura à soutenir deux luttes à la fois. Aussitôt
l'habile chef gibelin donne des ordres ; et une troupe
de soldats, faisant le tour de la montagne, se dirige
vers le château, qu'elle surprend d'un côté, pendant
que de l'autre on ne songeait qu'au départ. L'élite des
guelfes était réunie dans ce château ; mais une attaque
imprévue jeta le trouble parmi eux ; et avant qu'ils se
fussent préparés à la résistance, ils eurent sur les bras
de redoutables adversaires.

Deux hommes se trouvaient là, qui combattaient

avec courage au milieu de braves soldats. Chefs d'un complot formé contre la personne de Castruccio, ils avaient, outre l'honneur de leur parti, à venger des injures privées; et leur ressentiment était profond. L'un avait vieilli dans les combats; l'autre, jeune et robuste, faisait ses premières armes, et sa valeur montra aux ennemis un guerrier redoutable. Leur résistance fut long-temps vive et opiniâtre : pourtant il fallut céder au nombre, il fallut se résoudre à fuir ou à tomber sous les coups des gibelins. Le plus âgé des deux, qui avait à cœur de sauver les jours de son jeune ami, l'entraîna hors de la lice, et ils disparurent par la porte même qui avait donné entrée aux ennemis.

La prise du château déconcerta les Florentins : pressés d'ailleurs par Castruccio et ses soldats qui commençaient à prendre l'avantage, ils tournèrent le dos et se mirent à fuir. Ainsi, par l'habileté de leur chef, les Lucquois restèrent maîtres du champ de bataille, et reprirent leur route vers Pistoie. Les habitants de cette cité furent effrayés à la nouvelle de la défaite des guelfes ; et dans la crainte d'encourir l'indignation de Castruccio, qui ne savait guère pardonner, ils massacrèrent la garnison, et ouvrirent les portes au prince de Lucques.

Celui-ci, victorieux des plus belles forces de la Toscane, s'abandonnait à la joie et à l'espérance : un triomphe si éclatant lui montrait les villes humiliées par ses succès, ou glorieuses de l'avoir pour prince, ouvrant

leurs portes pour le recevoir, et lui présentant le dia-
dème. Déjà il lui semblait voir les grands de la Toscane
rangés autour de lui pour lui faire leur cour, et dépo-
ser à ses pieds leurs hommages. Alors, pensait-il, il
saurait se passer de la protection des empereurs, et
bientôt il dicterait des lois à toute l'Italie.

Rempli de ces hautes idées, il sentait son âme entrer
dans une sphère nouvelle, où le temps des plus grandes
luttes serait passé, où il ne songerait qu'à jouir d'une
position sublime.

Le jour qui suivit le combat, il fit annoncer par toute
la Toscane un tournois qui devait avoir lieu huit jours
après dans la plaine de *Peretella*, à deux mille de Florence. On publia partout que toutes sortes de guerriers,
guelfes ou gibelins, amis ou ennemis, seraient admis
sans péril à ces joutes.

Le jour désigné, toute la plaine se remplit d'hommes
d'armes, montés sur de superbes coursiers richement
équipés. Mais peu de guelfes parurent : car les hommes
de ce parti, ou ne pouvaient, à cause de leurs malheurs,
y briller d'une manière convenable à leur rang, ou redoutaient de se montrer aux regards de Castruccio, de
devenir peut-être ses rivaux dans le combat.

Cependant tout ce qu'il y avait de haute noblesse, de
grands dans la Toscane, même dans les contrées voisines, était venu assister à des luttes si rares dans ces

temps de troubles et de guerres civiles ; et le matin, dès
l'aurore, toutes les tentes, tous les siéges qui environ-
naient la plaine, étaient occupés par de nombreux spectateurs. Enfin les premiers rayons du soleil parurent ; et
les guerriers qui devaient combattre entrèrent dans la
lice. Parmi eux on vit Castruccio, la tête haute et fière,
le visage empreint d'une mâle audace ; il se montra avec
gloire dans la première joute ; et, dans celles qui suivirent jusqu'au milieu du jour, il eut peu d'adversaires
qu'il ne désarçonnât.

Vers midi, les hérauts d'armes annoncèrent que le
tournois resterait suspendu pendant deux heures : et les
guerriers se retirèrent dans les tentes qui remplissaient
la partie extérieure de la plaine, pour y réparer leurs
forces aux tables dressées pour eux avec un somptueux
appareil. Puis, lorsque les coupes des vins les plus re-
cherchés de l'Italie eurent été vidées, on entendit les voix
des hérauts, passant le long des tentes, et criant que
les joutes allaient recommencer.

La lice se couvrit de nouveau de combattants. L'infa-
tigable Castruccio parut encore dans la première lutte
avec quatre tenants. Cinq rivaux s'avancèrent disposés
à faire bonne contenance, celui qui devait se mesurer
avec Castrucio surtout : quelque chose de plus qu'ordinaire animait sa physionomie ; et de temps à autre son
visage prenait un air d'indignation qui n'échappa pas
au prince. Celui-ci reconnut qu'il avait affaire à un guelfe ;

et il se tint sur ses gardes pour résister avec sagesse à
un ennemi qui ne manquerait pas d'être terrible.

En effet, à la première rencontre, il vit que son adversaire n'était pas à mépriser, leurs lances glissèrent sur
le fer de leurs cuirasses, pendant que deux de leurs tenants étaient désarçonnés. A la seconde rencontre, leurs
lances se brisèrent. Alors se présenta en face de Castruccio un guerrier à peu près du même âge que lui, dont
le front haut et noble semblait animé d'une ardeur
étrangère à celle des autres combattants. Un corps robuste, une taile bien prise, des épaules larges, annonçaient, dans un homme d'une trentaine d'années, une
force supérieure.

Castruccio mesura de l'œil son adversaire; et le regard de celui-ci ne fut pas moins vif et moins prompt à
viser à l'endroit où il devait frapper. Le signal fut donné;
les coursiers s'avancent avec impétuosité, les lances se
mêlent; et les tenants de Castruccio sont victorieux; lui
seul est désarçonné, et va mordre la poussière. Il se relève honteux et humilié de sa défaite : car il ne croyait
pas trouver de rival capable de le vaincre. Cependant
les spectateurs qui avaient applaudi à ses triomphes restèrent muets cette fois : nul n'osait faire entendre un
signe d'approbation, alors qu'on craignait de montrer de la haine contre un esprit soupçonneux et
cruel.

Cependant les joutes continuèrent; mais Castruccio
se retira de la lice : d'autres pensées que celles des jeux

le préoccupaient : deux vengeances devaient être satis-
faites. Pendant que les derniers combats avaient lieu
dans la plaine, pendant que son vainqueur obtenait
d'autres victoires, lui, retiré dans sa tente, songeait aux
moyens de le perdre.

Alors un de ses amis, s'approchant de son siége, lui
dit à voix basse :

— Savez vous quels hommes vous avez eu pour rivaux dans la dernière joute ?

— Des guelfes ? répondit Castruccio, en menant à
l'écart l'officier.

— Oui, des guelfes ; mais plus encore. Vous ignorez
que l'un d'eux est le fils de Poggio ; et qu'ils sont les
chefs d'une conjuration horrible dont chaque membre
doit, à tout prix, frapper le prince de Lucques.

— Ce serait le fils d'Etienne, en êtes-vous bien sûr ?
Jamais je n'ai connu celui-ci. Comment se trouve-t-il
parmi les guelfes ?

— Un jour que les gibelins s'étaient emparé de Lucques,
et avaient fait main basse sur les guelfes, il s'enfuit
loin de sa patrie avec un des leurs qu'il affectionnait, et
passa de longues années sur la terre étrangère. Depuis
quelque temps il est revenu en Toscane, résolu de tout
faire pour procurer votre mort ou renverser votre puissance.

— C'est bien! pensa Castruccio, du moins je vengerai la honte que j'ai subie en face de la Toscane! Voici une belle raison pour motiver une arrestation.

« Mais, dit-il à son ami, comment pourrai-je aujourd'hui sévir contre eux? Ma conduite passerait pour un acte de vengeance, et on la proclamerait hautement comme une perfidie.

— Il est un moyen de prévenir l'opinion publique, c'est de faire répandre partout le bruit du fait que je viens de vous signaler. Quand on saura que deux hommes qui ont juré de vous tuer par trahison, sont ici près de vous, on s'indignera contre eux; et on ne tardera pas à vous les montrer comme des ennemis dangereux qu'il faut punir sans égard pour la foi donnée: ainsi vous serez lavé de toute tache; et la haine qui les atteindra fera oublier qu'ils ont été vainqueurs.

— Oui, il faut de la prudence. Allez donc, et faites parler nos amis.

Puis ils se séparèrent, et la joie revint un peu dans l'âme de Castruccio.

Cependant la fin des jeux approchait; et quelques-uns des grands personnages qui étaient attachés à la fortune du prince, attendaient impatiemment que la foule, en se retirant, leur permît d'aborder Castruccio.

14

Enfin les hérauts annoncent que le tournois est fini ;
les rangs des spectateurs s'éclaircissent ; et bientôt Castruccio est environné de nobles hommes qui l'excitent à
une prompte vengeance. Lui, dont les précautions étaient
déjà prises, dont les soldats suivaient de près, en secret,
les guelfes, applaudit à leur zèle; et, par son ordre, les
deux guerriers, qui avaient le plus brillé dans le tournois, vont chercher le prix de leurs combats au fond
d'un obscur cachot.

VIII

JULIANA.

—

Eléonore, retirée à la *Vigne de la Vierge*, y passait des jours remplis de tristesse et de larmes : car elle ne pouvait s'arracher aux souvenirs déchirants des malheurs de sa famille, dont presque tous les membres avaient péri sous le fer gibelin ; et c'était Castruccio, son fils adoptif, cet ingrat qu'elle ne pouvait haïr malgré ses cruautés, qui peut-être lui avait enlevé son époux, qui était cause de la mort prématurée d'Antonio.

Dans son isolement, elle pleurait sur tant de fins tragiques, où dans plusieurs la pensée religieuse pouvait n'avoir pas précédé le dernier soupir. Il était un seul être de sa famille dont la mort ne fût pas assurée, c'était son fils, ce petit Léonce, dont elle elle fut séparée en même temps que de son époux. Elle pensait qu'un jour peut-être il lui serait donné de le revoir ; mais c'était là une bien faible espérance au milieu du souvenir de tant d'infortunes.

Cependant la Providence lui envoya une compagne pour adoucir sa solitude ; une compagne qui fut autrefois son ennemie. C'est elle qui jadis remua des passions violentes, et excita les siens à répandre le sang des Castracani. Elle avait eu pour beau-père le cruel Antelminelli, et pour époux cet Henri qui fut blessé au siége de San Paolo. Avant la mort de son père, celui-ci l'avait emmenée en Sicile, où des guerres acharnées entre les parties qui divisaient l'Italie fournissaient à son amour pour la guerre et les discordes une ample matière de trames et de combats. Henri fut tué dans une bataille, de la main de Lupo Poggio ; et son épouse revint à Lucques, où l'attirait le désir de revoir l'enfant qu'elle avait laissé aux soins de sa nourrice : car, lorsqu'elle partit, il n'avait encore que six mois. Mais quelle fut sa douleur, en apprenant que la gardienne de son fils avait depuis quelques mois quitté sa demeure, et qu'on ignorait où elle avait porté ses pas? Toutes les recherches furent inutiles ; et l'infortunée Juliana, privée de son époux, eut encore à déplorer la perte du seul être qui pouvait la consoler. Le nom d'Antelminelli était odieux à Lucques ; elle se retira dans sa propre famille qui habitait les environs de Rome. Mais le malheur la poursuivait partout : son père et son frère périrent aussi victimes de l'esprit de faction, et elle resta seule, sans appui, sans consolation, sans beaucoup de fortune, une bonne partie des biens de son beau-père et de son père ayant été employés aux guerres des partis.

C'est alors que pour la première fois la réflexion entra dans l'âme de Juliana : elle vit toute l'horreur de sa conduite. Elle reconnut qu'elle avait mérité les châti-ments du ciel, et qu'ils étaient même inférieurs à ses crimes. Le remords commença à déchirer son sein ; puis le repentir suivit, et il précéda de peu d'instants les larmes de la pénitence.

Juliana était redevenue chrétienne de cœur et d'affec-tion, la paix avait été rendue à son âme. Pourtant il y restait quelque chose qui souvent lui causait une vive inquiétude.

« Sans doute, se disait-elle, j'ai reçu de Dieu le pardon de mes crimes : du moins j'en ai la douce con-fiance ; mais combien je serais plus heureuse, si je l'a-vais reçu aussi de la bouche de quelqu'un des membres de la famille de Castruccio Castracani ! »

Cette pensée ne la troubla d'abord que par intervalle ; puis elle ne la quitta plus : durant le jour, sans cesse à son esprit se représentait la figure mourante du noble Castruccio ; la nuit elle se réveillait en sursaut, effrayée des reproches sanglans qui semblaient partir des lèvres

14.

de Robert massacré sous les yeux de son époux. Elle ne put tenir à de tels souvenirs, et résolut de revenir à Lucques, rechercher ce qu'il restait d'une famille qu'elle avait tant persécutée, et demander une parole de pardon.

Un jour donc elle parut à la *Vigne de la Vierge*; et comme elle s'avançait vers la maison, elle aperçut une vieille dame, errant dans les allées bordées de fleurs. Elle la regarde avec attention, elle rappelle ses souvenirs; et ses yeux reconnaissent à peine cette belle et noble signora, dont le visage eut tant de charmes et le front tant de majesté. A présent ils sont sillonnés par des rides profondes; et les chagrins y ont répandu une indicible mélancolie.

Eléonore, livrée à la méditation, ne vit la dame étrangère que lorsqu'elle fut près d'elle. Juliana l'avait saluée affectueusement; mais ses crimes, étant venus tous à la fois, dans ce moment, se représenter à sa pensée, elle n'osa proférer un seul mot en présence de celle qu'elle venait visiter.

— D'où me vient, signora, lui dit la solitaire, l'honneur de vous voir ?

— Ma présence, très-excellente signora, répondit Juliana, n'est pas un honneur pour vous. Je vais rappeler à votre souvenir des temps cruels comme ceux qui passent sur votre tête, alors que j'étais l'épouse de votre ennemi le plus acharné, la belle-fille de celui dont la main se fût volontiers trempée dans le sang de votre père ; alors, dis-je, que moi, non moins coupable qu'eux, j'excitais les flammes de l'incendie, cherchant à fonder mon élévation et celle de ma famille sur votre propre ruine, sur celle de votre père et de ses propres enfants. Eh bien! me voici devant vous, criminelle jadis autant que peut l'être une femme, repentante à présent.

Eléonore, interdite, glacée d'horreur en entendant un pareil langage, ne disait mot ; et Juliana regardait ce silence comme une condamnation, comme un reproche. Elle se précipite à ses genoux, elle s'attache aux pieds de la solitaire :

« Pardonnez, continua-t-elle, pardonnez à mes crimes, ô vous, qui fûtes toujours si bonne, si pieuse, si chrétienne ! »

Ces mots, en rappelant Eléonore au devoir, la rendirent à elle-même.

— Que suis-je donc, répondit-elle, pour que vous veniez ici me demander un pardon ? Puis-je quelque chose pour vous, au fond de cette solitude, où mes jours sans doute ne tarderont pas à s'éteindre ?

Relevez-vous, signora, ne restez pas ainsi attachée aux pieds d'une femme qui ne peut vous être d'aucune utilité. »

— Je ne viens implorer grâce ni pour ma vie, ni pour ma liberté : ni l'une ni l'autre ne sont en péril. Ce qui me mène à vos pieds, c'est le remords, c'est le repentir. Dites que vous m'avez pardonné ; et mon âme recouvrera la paix, et je serai tranquille.

— Relevez-vous, amie : il y a long-temps que je vous ai pardonné, si toutefois il y eut jamais de la haine dans mon cœur.

Puis Eléonore prit la main de Juliana ; et l'ayant aidée à se relever, elle la reçut dans ses bras, et la couvrit de baisers et de larmes.

« Cessez d'être malheureuse, lui dit-elle, oui, je vous ai pardonné, je vous aime.

Et ses bras l'étreignaient davantage.

— Quel poids est tombé de dessus ma poitrine, reprit Juliana ! Sans doute je pleurerai mes crimes ; mais du moins la vie me sera supportable : je la regarderai comme un temps précieux qui m'est donné pour la pénitence.

Juliana voulait sortir ; mais Eléonore la retint, en lui disant avec bonté.

— Où allez-vous ? Ne me quittez pas sans m'avoir fait connaître par quels événements vous avez été rappelée au repentir.

La belle-fille d'Antelminelli raconta les malheurs de sa famille, et lorsqu'elle eut achevé son récit :

— Je vous quitte, fille de Castruccio, dit-elle, je vais loin du monde, dans quelque habitation isolée, pleurer les fautes d'une vie trop coupable, à moins que vous ne veuillez me permettre de vous servir dans cette solitude.

— Votre présence me consolera : je verrai avec plaisir un membre de la famille Antelminelli rappelé à la vertu, et uni d'amitié à la fille de Castruccio Castracani.

— Je resterai puisque vous le voulez, mais pour vous servir, pour réparer, par mes soins, le mal que je vous ai fait.

— Vous serez avec moi comme une amie.

Juliana, à ces mots, se jetait dans les bras d'E- léonore, et toutes deux se promirent une mutuelle tendresse.

IX

DEUX PRISONNIERS.

—

Un cachot à Pistoie renfermait deux guerriers ; l'un disait à l'autre, beaucoup plus âgé que lui :

— Depuis le jour que nous quittâmes le bon solitaire, jamais, ô l'ami de ma famille, vous n'avez voulu prononcer devant moi le nom de mes parents ; jamais vous n'avez consenti à me faire connaître ceux que, il y a déjà long-temps, vous m'engageâtes à venir défendre

avec vous. A présent que notre mort est résolue, parlez
du moins, si la tombe ne doit pas couvrir votre secret.

— Encore un peu de temps, mon fils !... il vous serait
plus nuisible qu'utile d'avoir à présent la lumière que
vous désirez.

— Je vais donc mourir, sans avoir pu savoir quel
nom porta mon père, quel sang noble bouillonne dans
mes veines.

— Vous le saurez, et alors peut-être vous serez
libre.

— Libre, et vous aussi ?

— Trop d'obstacles s'opposent à ma délivrance! tandis que vous, vous avez toutes sortes de droits à la reconnaissance même de Castruccio.

— Serait ce pour l'avoir si bien servi au tournois de
Peretella? Je crois qu'il n'oubliera pas de sa vie l'échec
qu'il a essuyé, Non, il ne m'épargnera pas plus que
vous ; et voulût-il le faire, je refuserais une liberté que
vous ne partageriez pas.

— Même si vous deviez revoir de tendres parents !...
Mais à quoi bon mettre votre cœur à l'épreuve? N'allez
pas d'avance prendre une résolution inutile qui causerait bien des malheurs; laissez faire la Providence.

Cependant le geôlier ouvrit la porte de la prison, et
un officier parut, ordonnant à Lupo de le suivre.

— Nous allons devant le prince, dit le prisonnier ?

— Devant le gouverneur de la place.

— Ne verrai-je pas signor Castruccio?

— Vous ne pouvez lui parler encore : il vient de partir pour une expédition guerrière. A son retour, je lui ferai part de vos désirs.

Puis Lupo suivit l'officier et alla subir un interrogatoire devant le gouverneur.

Son absence dura plus de deux heures, et lorsqu'il fut revenu près de son compagnon de captivité, il fut surpris de voir ses yeux rouges des larmes qu'ils avaient verséses, et la tristesse empreinte sur son front.

— D'où vient, mon ami, lui dit Lupo, ce changement sur votre visage? Vous tout-à-l'heure si courageux, si fier de mourir, comment avez-vous passé si vite de la résignation à la mollesse ?

— Ce n'est pas la mort que je redoute : elle vient sur moi comme une digne expiation. J'ai quitté une solitude où je servais Dieu dans le calme et la paix, où la mort ne m'eût jamais surpris que dans les plus saintes pensées, pour aller, au milieu des guerres civiles, exciter des passions aveugles qui ne demandent que du sang ; et cela, sans reconnaître dans ma détermination d'autre

ÉLÉONORE   15

avantage qu'une vaine espérance que la hache bientôt va
anéantir. Je vais mourir, et mes yeux n'auront pas vu
les parents que vous m'avez promis; et mes oreilles
n'auront pas entendu, sur le bord de la tombe, une
voix pieuse qui m'eût parlé du ciel.

— N'avez-vous pas servi la cause de Dieu, en voulant
délivrer la terre d'un tyran?

— Dieu seul est le maître de la vie des hommes :
seul donc il peut l'abréger. Je me repens d'avoir pris
parts à de secrets complots, d'avoir songé à verser le
sang.

— Même de l'ennemi de votre famille, même de celui
qui a outragé votre mère, qui a tué de sa main votre
père!

— Pourquoi, signor, m'exciter à la haine? Pour
quoi voulez-vous que je meure avant d'avoir pardonné.

— Si je ne savais que votre mère est loin de ces lieux,
je croirais que c'est elle qui vous a entretenu pendant
mon absence.

— Ma mère vit encore!.. J'ai dans le monde une bonne
et tendre mère, dont le cœur est sensible et l'âme pieuse !
Vous me l'aviez cachée jusqu'à présent, pourquoi ce
mystère!

— Vous m'avez surpris ce que je n'avais pas l'intention de vous découvrir encore. Pourtant je ne vois plus
de danger à ce que vous connaissiez mon secret. Je vous
le dévoilerai, si vous. voulez; mais ne m'accusez pas
d'avoir excité voire haine : car une fois que vous
connaîtrez votre mère, le ressentiment naîtra dans votre
cœur.

— Non, signor, je pardonne d'avance à mes ennemis
et à ceux de ma famille. Le Dieu qui tout à-l'heure a changé mon cœur, saura bien y maintenir la force et la générosité. La voix qui m'a parlé n'est pas celle de ma
mère; mais c'est celle d'un homme qui long-temps eut
sur moi tout l'empire que mérite la plus solide vertu.
N'écoutant que le ressentiment jeté par vos paroles au
fond de mon âme, je l'avais abandonné pour aller venger
mes parents; mais que m'est-il arrivé de tout ce que
j'espérais? J'ai perdu la paix de la solitude et je ne recueille que l'inquiétude et une mort prématurée.

— Vous avez vu le solitaire qui éleva votre jeunesse!
Où est-il?

— Il m'a dit qu'il allait à Lucques, auprès de signora
Eléonore, qu'il avait connue dans sa jeunesse. Voilà
tout ce que je sais : pourtant, en me quittant, il m'a
pressé la main; et ces paroles ont glissé sur ses lèvres :

« J'espère vous revoir bientôt!... Adieu!...

— A présent, ne laissez plus, noble Lupo, mon âme
incertaine; dites-moi le nom de ma mère.

15.

— Son histoire se rattache à de grands souvenirs. Ecoutez..,

Au même instant un grand bruit se fit vers la porte ; elle fut ouverte, et l'officier qui déjà s'était montré à la prison ordonna aux soldats qui l'accompagnaient d'enchaîner Lupo. Puis il fut conduit dans un cachot séparé, loin de son jeune ami.

X

LE SOLITAIRE.

—

Le bruit de l'arrestation de Lupo de Poggio et d'un autre guelfe dont on ignorait le nom fut bientôt répandu dans toute la Toscane. Les gibelins la regardaient comme un acte de justice ; les guelfes, au contraire, accusaient Castruccio d'avoir violé ses serments ; mais nul ne fut plus touché de ce nouvel événement qu'Éléonore. Elle sentait tout l'odieux qui en retombait sur son fils adoptif ; et, dans sa douleur maternelle, elle eût

voulu avoir sur lui plus d'empire, pour obtenir l'élar-
gissement des prisonniers. D'un autre côté, attachée
de cœur à la famille de Poggio, et à Lupo en particulier,
elle se voyait dans l'impossibilité de rien faire pour le
dérober à la mort.

Je ne pourrai donc le sauver, se disait-elle ! il périra comme son vieux père, comme tous ses parents ;
et il ne restera plus personne d'une si illustre famille
pour protéger les intérêts de leur patrie : car, malgré
les liens qui m'attachent à Castruccio, je sens qu'il est
un tyran, je sens que, voué à l'égoïsme, il ne porte
pas dans le cœur l'amour de son pays !... Lupo, vous si
bon, si généreux, périrez-vous donc victime de l'homme
qui doit son existence à Éléonore, qui, sans elle aurait
été retranché de la vie, comme un jeune arbrisseau
dont la sève s'est tarie ? J'irai, je ferai encore un effort
sur l'âme de Castruccio ; il me rejettera sans doute,
mais je me précipiterai vers lui, je m'attacherai à ses
pieds. Oh ! il m'entendra : pour être sourd à une telle
demande, il faudrait avoir un cœur de pierre. »

Telles étaient ses pensées, lorsque sa compagne vint
la prévenir qu'il venait d'arriver un homme dont l'habillement annonçait un solitaire, et qu'il désirait parler
à signora Éléonore Cénami. Elle se hâta d'aller rejoindre
l'étranger, et frappée de sa physionomie.

— Homme de Dieu, lui dit-elle, ce n'est pas la première fois que je vous ai vu.

— Ni moi, signora, répondit le solitaire ; depuis

même que e vous ai quittée, je ne vous ai pas oubliée ;
• je n'ai cessé d'adresser mes vœux au ciel pour vous et
pour toute votre infortunée famille : car je fus autrefois
coupable, bien coupable envers elle, envers surtout
le noble Castruccio, votre père. Rappelez à votre esprit
les temps passés, et il vous souviendra qué ce grand
homme, en mourant, pardonna à un grand criminel,
et que vous même plusieurs fois lui fîtes entendre des
paroles de paix.

— C'est vous, infortuné Pelti !... Où avez-vous passé,
loin de votre patrie, de si longs jours ; et qu'est-ce
qui vous ramène près de moi ?... Mais avant de me
raconter l'histoire de votre vie, reposez-vous : vous
avez l'air d'être fatigué d'un pénible voyage, et de
long-temps, peut-être aussi, vous n'avez pris aucune
nourriture.

Non, signora, apprenez auparavant ce qui pèse sur
mon cœur.

Ils s'assirent, et le solitaire commença en ces termes :

« Après tout le mal que j'avais fait à votre maison,
je n'osai rester dans des lieux témoins de mes forfaits,
je sentais qu'il avaient besoin d'expiation et de larmes.
Aussi, me dérobant aux bontés de votre famille, je
fuis d'une contrée où tout me rappelait des souvenirs
affreux, et je m'acheminai vers le sud de l'Italie. Non
loin de la mer, à quelque distance de Rome, j'aperçus
quelques rochers dont la cavité pourrait facilement me

former une cellule, comme celles des ermites de l'orient :
je choisis la plus commode, et j'y fixai ma demeure.
Près de la caverne jaillissait d'un roc une source claire
et pure qui allait, en serpentant à travers un petit
vallon, se jeter dans la mer ; c'était là tout ce qu'il me
fallait pour vivre paisiblement du travail de mes mains ;
mais avant que je pusse en recueillir les fruits, je dus
quitter souvent ma solitude pour aller assez loin, faire
mes provisions. Cette première année me fut pénible ;
toutefois je supportai avec plaisir la peine d'une vie
laborieuse, en songeant aux crimes que j'avais commis.
Bientôt auprès de mon rocher, dans le vallon, s'élevèrent des épis que ne tardèrent pas à jaunir aux chaleurs
de l'été ; je recueillis de mes mains le bien que m'offrait
le ciel ; et, dans l'unique repas que je faisais tous les
soirs, vers le crépuscule, je pus réunir les légumes de
mon jardin au pain cuit sous la cendre du foyer.

» J'étais heureux, et je célébrais avec joie les louanges du Seigneur : tout m'y invitait, et la beauté d'un
ciel pur, dont, le soir souvent, je me plaisais à contempler les innombrables étoiles ; et la mer blanchis-
sant d'écume, et venant briser ses vagues contre une
rive que les tempêtes jamais ne lui firent dépasser ;
et la verdure du vallon et des arbres, et l'abri de mon
rocher, et les récoltes que j'avais faites, et enfin la
bonté d'un Dieu qu'on insulte et qui pardonne, à qui le
repentir fait oublier les outrages, et dont les faveurs
mêmes s'étendent sur le juste et l'injuste, sur le pécheur et sur l'homme qui le sert.

Un jour que mes yeux plongeaient au loin sur l'i m
mense étendue des mers, au lieu des vaisseaux que
j'apercevais souvent fendant la plaine liquide, je vis
épars çà et là des débris. C'étaient les tristes restes d'un
navire que le vent poussait vers les bords que j'habitais.
Je déplorai le sort des malheureux qui avait dû périr,
et je fixais mes regards vers cette partie de la mer où
m'apparaissaient, flottants sur les eaux, des poutres,
des planches, des cordages. Cependant des cris frappèrent mon oreille, et je ne tardai pas à distinguer les
cris d'un enfant. Je l'aperçus bientôt lui-même, attaché
à l'une des poutres que poussait le vent. Je me mis à
genou, j'invoquai la Vierge, étoile de la mer, afin
qu'elle dirigeât vers moi l'infortuné que la faim ou les
cris ne tarderaient pas à priver de la vie ; et soudain une
vague plus forte poussa le frêle esquif ; et la poutre
arriva jusqu'au bord.

Je coupai les nœuds de la corde, je pris l'enfant dans
mes bras. Il me regarda d'un air étonné, puis il se mit
à crier encore.

— Tu n'es plus en danger, pauvre petit, lui dis-je
avec toute la tendresse que je pus recueillir dans mon
âme, tu es sauvé : la bonne Vierge a conservé tes
jours.

— Mais mon père ! où est-il ?... Oh ! il n'est pas sauvé,
lui ; je l'ai vu tomber dans la mer.

— Pauvre petit, répliquai-je, le bon Dieu veille
sur toi.

15..

Il porta alors sur moi des yeux où se peignaient la reconnaissance ; et, comme je vis qu'il avait besoin de prompt secours, je me hâtai de l'emporter dans ma grotte, et de réchauffer ses membres raidis par le froid. Puis j'étendis de la paille au fond de la caverne, je le ployai dans un de mes vêtements, et le couchai dessus ; un instant après il dormait.

Lorsqu'il s'éveilla, il me demanda encore son père, et je lui répondis que si le bon Dieu ne le lui rendait pas, il trouverait en moi un père adoptif qui l'affectionnerait autant que celui qu'il avait perdu.

— Oh ! mon père m'aimait tant !...

— Comment se nommait ton père, lui dis-je alors ?

— Père ! père !... Je ne l'appelais pas d'un autre nom.

— Mais comment l'appelaient ceux qui vivaient avec lui ?

— C'est un grand nom que je ne sais pas.

— Peu importe, mon enfant ! Ceci ne m'empêchera pas de t'aimer. Tu resteras ici avec moi, et nous servirons ensemble le bon Dieu.

— Mais vous me mènerez avec vous lorsque vous irez combattre.

— Ici, mon ami, il n'y a ni guerre ni combats. Je suis seul ; et personne ne me dispute le peu de terre que je possède.

— Vous n'avez donc pas d'épée ni de lance. Moi, j'avais une jolie petite épée ; elle est tombée dans la mer. Mais je ne la regrette pas, j'aimerais mieux voir mon père.

Tel fut l'entretien que j'eus avec un petit enfant de quatre ans environ.

« Pendant plusieurs jours il parla encore de son père ; mais peu à peu il s'accoutuma à ma tendresse, et les tristes souvenirs du naufrage s'effacèrent. Je songeais alors à lui ménager dans ma solitude une éducation chrétienne, et à diriger son cœur vers la vertu. Je n'eus pas beaucoup de peine à y allumer un grand amour pour Dieu : car il était né avec des sentiments nobles et généreux ; et un naturel vif et bouillant le portait avec ardeur vers ce qui est grand et honorable. Elevé loin du monde, il ne soupçonnait ni ses vices ni ses dangers, et son âme pure et innocente donnait au Seigneur tout l'amour dont elle était capable. Qu'il eût été heureux si nul mortel n'eût abordé vers nos rives ! Car dans un âge encore avancé, il ignorait ce que sait même l'âge tendre au sein des villes : je n'avais pas cru nécessaire de le prémunir contre les dangers auxquels il n'était pas exposé. Il me semblait que je faisais en cela une œuvre agréable à Dieu ; et je me félicitai de pouvoir lui présenter une âme simple et pure qui ne serait pas inférieure aux anges en innocence et en sainteté. Mais l'ange du mal, jaloux de tant de vertu, voulut disputer au ciel le don que je lui réservais. C'est lui sans doute, qui, plus

de vingt ans après le premier orage, dirigea vers nos
bords un navire, battu par la tempête, dont le salut fut
assuré à l'abri des rochers voisins de la rive. Nous reçû-
mes les naufragés avec hospitalité : ils passèrent la nuit
près de nous ; et le lendemain, comme le vent était favorable, ils remirent à la voile et rentrèrent en pleine
mer.

Un seul homme de l'équipage était resté en arrière :
je l'avais reconnn la veille ; et par lui j'avais appris tout
ce que vous aviez à souffrir. C'était le signor Lupo de
Poggio. Il me dit que votre époux, après avoir échappé
à un triste naufrage, où son enfant avait sans doute péri,
était allé vers Lucques mêler ses efforts à ceux des
guelfes ses amis, et qu'il avait trouvé la mort en combattant contre le tyran de Lucques.

En l'entendant parler du naufrage du noble seigneur
Buonacorso Cénami, et de la perte de son fils, je crus
un moment avoir près de moi le petit-fils de l'illustre
Castruccio ; mais je me rappelai que l'enfant m'avait ra-
conté comment son père avait été précipité dans l'abîme ;
et mes pensées s'arrêtèrent là, d'autant plus que le noble
Lupo me dit ne reconnaître sur le visage du jeune
homme aucun des traits du fils de son ami.

Le seigneur Lupo de Poggio resta donc avec nous jusqu'à la fin du second jour, sous prétexte qu'il voulait
passer à Rome, et, de là, se rendre à Lucques par terre.
Mais il s'était fait à mon insu un compagnon de voyage,
et m'enlevait celui de mon aimable solitude. Ils étaient

allés ensemble se promener le long de la mer, et je ne
le revis plus.

Jugez de ma douleur : il fallait que quelque passion
fût bien vite entrée dans l'âme de mon ami, pour qu'il
se fut déterminé à m'abandonner sans même me dire
adieu, ou que quelque affreux malheur lui fût arrivé.
Je passai plusieurs jours dans des agoisses mortelles,
je suppliai le Seigneur de m'éclairer sur ce que j'avais
à faire. Après plus d'une semaine de prières et de larmes, je me décidai à quitter mon désert et aller vers
Lucques pour savoir ce qu'était devenu mon élève. Mes
recherches long-temps ont été vaines ; enfin le bruit d'u-
ne arrestation a porté à mes oreilles le nom de Lupo
de Poggio, et je me suis rendu à la prison où il était enfermé. Là j'ai reconnu que le noble Lupo, alors absent
du cachot, avait jeté dans l'âme de mon ami une grande
haine contre Castruccio, que cet homme si simple, si
candide, si innocent, si pieux au désert, s'était abandonné sans défiance aux grandes passions qu'excite le
désir de la vengeance, et que, irrité contre l'ennemi de
parents dont le seigneur Lupo lui tenait encore le nom
caché, il ne songeait pas même aux suites d'une mort
où l'âme n'est pas préparée au départ.

Alors je lui ai parlé avec tendresse, je lui ai rappelé la justice de Dieu, la reconnaissance qu'il devait au
ciel protecteur de son jeune âge, ces longues années passées avec moi dans la pratique de la perfection chrétienne. Il me regardait avec emotion : enfin deux sources

de larmes se sont échappées de ses yeux, il s'est jeté à
mon cou, et m'a demandé pardon d'avoir abandonné,
d'une manière indigne, le père adopti. à qui il devait la
vie et mille autres biens plus précieux.

« Mon père ! a-t-il dit, la haine est éteinte dans mon
cœur. Je pardonne à Castruccio : je veux mourir en
chrétien.

En me racontant les crimes du prince de Lucques,
il m'avait parlé de vos malheurs ; je songeai à venir
vous voir, vous consoler, si l'affliction accablait votre
âme. Voyant mon prisonnier rendu à de meilleurs sentiments, je me séparai de lui , je pris le chemin de Lucques. Avant de le quitter pourtant, je lui promis de revenir bientôt pour l'assister à ses derniers moments.

Maintenant que j'ai acquitté près de vous un devoir
de reconnaissance, puisque vous avez une amie qui partage vos peines, dont les paroles sans doute savent les
adoucir, je vais retourner près l'infortuné qui m'attend.
Pour vous, puissiez-vous jouir ici de la paix.

— La paix ! s'écria Eléonore. Ignorez-vous donc,
Pelti, que, quoique un long-temps se soit écoulé depuis
la perte de mon enfant et de mon époux, je n'aie pas encore à souffrir. Dieu avait remplacé le fils que j'aimais
par un autre que j'espérais devoir être le compagnon de
ma vie, la joie de ma vieillesse ; et, devenu grand, il a
laissé sa mère adoptive, il l'a persécutée. Pourtant quelque chose m'attache encore à lui, je gémis de le voir
souiller une existence qu'il aurait pu consacrer au bon-

heur de tant d'infortunés. Non, Pelti, je ne suis pas heureuse !

— Et pourquoi vous affliger ainsi ? Castruccio ne s'est-il pas rendu indigne de votre tendresse ? Votre foi, sans doute, vous fait une loi de l'aimer, mais non de l'affectionner en mère.

— L'aimer !... Vous savez, mon Dieu ! si je veux vous être fidèle !... mais revenons au sujet dont vous m'avez entretenu. Lupo de Poggio et un autre guerrier sont l'un et l'autre prisonniers à Pistoie : peut-être même dans peu on va les mener à la mort. J'irai encore devant Castruccio, j'irai lui parler moi-même, malgré sa défense : eh bien ! s'il me condamne à mourir, je regarderai la mort comme la fin de mes douleurs, je ne verrai pas immoler les derniers amis de ma famille.

— Le tyran est cruel : votre présence ne fera que l'irriter. S'il vous a défendu de paraître devant lui, n'allez pas vous exposer à ses coups.

— |Non, mon amie, dit l'épouse d'Antelminelli : voulez-vous donc me laisser seule, me faire mourir de douleur ?

— Je dois partir : Lupo de Poggio est menacé, et je n'irai pas faire un effort pour le délivrer !

— Si vous partez, reprit sa compagne, permettez du moins que je vous suive, que je partage vos dangers.

— Non, non ! du sang doit être répandu, que je sois la seule victime.

— J'irai avec vous, je ne vous quitterai pas jusqu'à la mort.

— Mais pourquoi émouvoir ainsi nos âmes par des pensées sinistres. Peut-être qu'enfin Castruccio m'entendra, peut-être que la voix de sa mère finira par le toucher.

— Oh ! sans doute ; nous unirons nos prières pour obtenir la grâce des prisonniers.

Le départ fut fixé au lendemain, car déjà les premières ombres de la nuit descendaient sur le coteau.

— Pour moi, dit le solitaire, dès que j'aurai pris quelque nourriture, je reprendrai le chemin de Pistoie.

Un soupir brûlant s'échappa de la poitrine d'Eléonore : car elle aurait bien voulu, elle aussi, ne pas attendre au jour suivant.

« O ma mère disait elle plus d'une fois protégez mon époux

XI

UNE MORT.

—

A mesure que Castruccio remportait des victoires,
il lui survenait de nouveaux embarras : car ses excès
faisaient détester sa tyrannie. Pise se révolta, et fit un
horrible massacre de ses partisans ; furieux de l'audace
d'une ville qu'il croyait à jamais assujettie à sa domination, il se hâta d'aller la soumettre.

Il avait fixé le jour où devaient périr les deux guerriers arrêtés au tournoi de Peretella ; mais à la nou-

contracte ses nerfs fatigués, et tombe évanoui sur la pierre du cachot. C'est que le coup venait d'être frappé, qui brisait ses espérances.

Les spectateurs de la mort du prisonnier venaient de rentrer dans leurs maisons, tristes et silencieux, comme il arrive en pareille circonstance, et tout honteux d'avoir assisté à une exécution si déplorable. La tranquillité et le calme avaient suivi cette retraite qu'un instant à peine avait vu accomplir. Les rues étaient désertes; et chacun, retiré chez soi, maudissait le tyran. Cependant deux dames arrivaient dans la ville; et leurs pas se dirigeaient vers la prison de Lupo de Poggio.

Introduites dans son cachot, elles furent saisies d'effroi, en voyant Lupo étendu à terre, sans aucun signe de vie. Les larmes qui avaient sillonné son visage annonçaient qu'une grande douleur avait accablé son âme. Les deux dames s'empressèrent d'aller le relever; et le geôlier se hâta de chercher de prompts secours pour le rappeler au sentiment.

Deux heures s'écoulèrent, avant qu'il pût distinguer les objets autour de lui. Enfin pourtant il porta ses regards sur Éléonore :

« Fille de Castruccio, cria-t-il, je vous ai ravi votre fils! »

Et une agitation extrême s'empara de lui.

— Laissez-nous un instant seuls, dit Éléonore au geôlier.

Et cet homme qu'avait ému le commencement d'une scène si touchante, se retira pour donner un libre cours à ses larmes.

— Lupo, reprit Éléonore, pourquoi vous laisser ainsi abattre ? Vous savez que je vous suis attachée, que rien au monde ne pourrait m'irriter contre vous. Je suis persuadée d'ailleurs que vous n'avez agi que dans l'intention de m'être utile. Rassurez-vous donc ; et parlez-moi de mon fils. Quelque soit le sort qu'il ait éprouvé, je tiens à le connaître.

— Eh ! ne vous l'a-t-on pas appris, dès vos premiers pas dans les rues de la ville ? Mais que dis-je ? on ignorait son nom, on ne savait pas que Castruccio livrait au tranchant de la hache le fils de sa mère adoptive. Castruccio ne le savait pas lui-même ; et pourtant en l'éclairant, j'aurais peut-être sauvé votre fils. J'ai différé de dévoiler un secret qu'il me semblait utile de garder encore : je ne pensais pas qu'on me séparerait si vite de mon ami. Il est mort, avant que ses yeux aient pu se porter sur sa mère, avant qu'il ait même appris quel sang coulait dans ses veines. Signora, quelle nouvelle croix je viens aujourd'hui vous présenter !

Une telle nouvelle accablait Éléonore : pourtant elle cherchait à la dérober au prisonnier dont elle redoutait d'augmenter la peine.

— Vous voulez, cher Lupo, répondit-elle, que je sois fâché contre vous, quand vous avez tout fait pour me rendre mon fils : car si vous l'avez retiré de la solitude où il aimait tant le bon Dieu, c'était pour le mener à sa mère.

— J'ai un regret, c'est d'avoir excité dans son âme des sentiments qui jusqu'alors lui avaient été étrangers, des sentiments que votre grand cœur n'approuvera pas. Je l'ai porté à la vengeance, je lui ai dit qu'il était de son devoir de venger ses parents sur leur infâme oppresseur, de venger son père immolé par un tyran ; et lui dont l'âme était sans défiance, dont l'âme n'était pas sans courage, m'a suivi dans la carrière des combats : tout le feu qui brûlait dans sa poitrine s'est dirigé vers la veangeance : mes paroles y avaient enflammé un vif ressentiment.

— Mais il est revenu aux pensées religieuses avant de mourir ; Léonce Cénami a pardonné.

— Je le sais ; et cette pensée me console un peu. Ah ! il m'eût été bien doux de vous l'offrir tel que je le vis au moment même où on me séparait de lui, de vous l'offrir pieux comme un ange, pardonnant à ses ennemis comme Jésus-Christ sur la croix.

— Le pauvre enfant !

Cette fois d'abondantes larmes surprirent Éléonore ; et se jetant dans les bras de Lupo :

« Pensons au ciel, ami !... Au ciel il n'y aura plus de malheurs à craindre, d'ennemis à redouter. Mais vous, que vous destine-t-on ? Savez-vous si votre sort est décidé ? »

— J'ignore tout ; depuis que je suis dans ce cachot, vous êtes les seules personnes qui m'aient visité.

— Je parlerai au gouverneur de la place, je saura si un jour est fixé pour donner au peuple le triste spectacle de votre mort. Puis j'irai près de Castruccio, je le supplierai de briser vos chaînes, ou de me livrer moi-même au bourreau.

— Vous iriez vous exposer pour un homme dont il a juré la mort, pour une victime dont le sacrifice est assurée. Non, signora ! laissez-moi mourir.

— Il m'entendra sans doute, il ne me rejettera pas cette fois. Je ne le quitterai pas qu'il ne m'ait accordé votre grâce, je m'attacherai à son cou, je l'arroserai de mes larmes.

— Vous signora, vous attacher au cou du cruel, l'arroser de vos larmes ! Non, je ne souffrirai jamais que pour moi vous fassiez une telle violence à votre cœur.

— Que ne ferais-je pour vous ? Que ne ferais-je pour l'empêcher encore de souiller sa vie ?

— Et vous iriez vous humilier devant le meurtrier de votre époux, le bourreau de votre fils, le tyran le plus cruel, le cœur le plus ingrat! Vous l'aimeriez, signora! la religion ne vous commande pas un pareil sacrifice.

— Malgré ce qu'il m'a fait, je verrais avec peine le mal qui le poursuivrait, je ferais tout pour le salut de son âme.

— N'êtes-vous donc pas formée du limon de la terre comme nous tous? Votre âme n'est-elle pas assujettie aux misères de notre nature? Qu'est-ce donc qui vous élève ainsi au-dessus de l'humanité? Pour moi, rien ne saurait me faire aimer le tyran qui vient de faire immoler votre fils.

Les paroles de Lupo faisaient rougir l'humble Éléonore; elle songea à terminer un entretien où sa vertu trouvait dans les louanges un péril imminent, ou du moins en éprouvait une peine plus sensible que des plus sanglants outrages. Elle recommanda à Poggio d'espérer au ciel, et sortit de la prison pour cacher ses pleurs : car l'effort qu'elle avait fait pour dissimuler sa douleur en présence du captif, l'avait accablée.

Une mère seule peut comprendre ce qui se passait alors dans le cœur d'Éléonore.

XII

HÉROÏSME.

—

APRÈS un modeste repas où Eléonore et sa compagne,
loin de savourer les mets qui leur furent présentés, se
livraient aux pensées tristes que devaient faire naître
dans leurs âmes le passé, le présent et l'avenir ; comme
elles se disposaient à partir pour Pise, où se trouvait,
leur avait-on dit, le prince de Lucques, il se présenta
dans l'hôtel un jeune homme qui demendait à leur
parler. On le mena à l'appartement des deux dames :

16

il parut devant elles, dans l'attitude d'un coupable qui redoute la présence de ceux qu'il a blessés.

— Quel sujet vous amène près de nous, lui dit Eléonore avec douceur ?

Après avoir essuyé une grosse larme, l'étranger commença ainsi :

» Ecoutez, noble signora, un récit qui fera mal à votre cœur, mais que je dois vous faire, pour que vous connaissiez toute la grandeur des crimes que vous avez à pardonner.

Mon père était serviteur dans la maison du noble signor Antelminelli, qui persécuta l'illustre signor Castruccio, et périt lui-même, juste victime de la vengeance des Florentins. Attaché à son maître autant que peut l'être un fidèle ami, il ressentit vivement le malheur qui le menaçait. Il le visitait souvent dans sa prison, cherchait à adoucir par ses soins la rigueur de sa captivité, et surtout la peine qu'il éprouvait de voir perdu par sa mort l'avenir de sa famille. Touché de son dévouement, signor Antelminelli lui confiait tous ses ennuis, lui donnait le tendre nom de fils, et l'accablait de caresses. Infortuné père !.. il ne voyait pas sous ces dehors amis une pensé noire et cruelle. Lorsque le prisonnier crut que l'affection que mon père avait pour lui était assez forte pour l'emporter sur toute autre considération, il songea à s'en servir pour l'exécution d'un projet affreux.

Il se fit apporter un jour l'enfant de son fils, que celui-ci, en partant avec son épouse pour le midi de l'Italie, avait confié aux soins de sa nourrice ; et, le tenant dans ses bras en présence de mon père, il prononça ces paroles terribles qui le firent frissonner toutes les fois qu'il les rappela à son souvenir :

« Je te voue, enfant, à la colère et au ressentiment. Puissent ces deux passions s'emparer de ton âme dès le bas âge, et te porter à me venger d'une famille que je déteste et que j'abhorre ! Peu m'importe ton avenir, pourvu que tu ne laisses pas ton aïeul sans vengeance ! »

Mon père frémit en entendant un pareil langage ; mais l'attachement qu'il avait pour son maître lui fit faire un effort pour ne pas manifester son émotion.

— Ami, continua le chef gibelin, jure-moi que tu seconderas mon projet, que tu m'aideras à me venger.

— Est-il rien que je ne fasse pour vous plaire, répondit le fidèle serviteur, aveuglé par le dévouement? Oui, je le jure ! je vous vengerai à tout prix.

— Eh bien ! vois cet enfant : je le confie à ta fidélité. Par lui rends ma vengeance parfaite. Si son cœur est sensible, inspire-lui la cruauté ; et surtout dis-lui un jour qu'il doit venger l'abaissement de sa famille.

Pour remplir mes vues, tu receyras de moi la do-
nation de biens considérables, qui t'élèveront au-dessus
d'une condition vulgaire. Puis tu remettras à la nourrice de mon petit-fils une somme considérable, afin
qu'elle se retire dans un pays lointain, où nul n'ira l'in-
terroger. Alors tu placeras dans une corbeillle cet enfant, environné de langes qui le préservent de la
fraicheur du matin, et tu le porteras toi-même dans
ce jardin, où, m'a-t-on dit, va tous les jours, au lever
du soleil, se promener la fille de Castracani. Le trouvant
sur son passage, elle verra cette petite figure qui ne
manque pas d'agréments ; et, touchée de l'abandon où
on l'aura laissé, elle s'empressera de le recueillir comme
un de ces infortunés qui ne doivent jamais connaître
les auteurs de leurs jours. Elle l'élèvera ; et je ne sais
quel pressentiment me dit qu'elle réchauffera un aspic
dont le venin sera mortel. »

— Le fils de notre ennemi ! mon Dieu ! s'écria Eléonore.

— Mère, ne maudissez pas mon fils, dit. les larmes
aux yeux, sa compagne, qui ne pouvait être étrangère
à un pareil récit.

— Le maudire ! Dieu me garde d'un pareil crime,
Pourtant l'épreuve est rude ! Seigneur, affermissez
mon âme : car j'ai voué amour au petit-fils de l'homme
qui avait juré la mort de mon père, au fils de celui qui
tua mon frère, le très-aimant Robert, à l'enfant qui de-
ait plus tard plonger sa lance dans le sein de mon

époux, ordonner la mort de nos meilleurs amis, et faire tomber sous la hache la tête de mon fils unique !

— Qui vous a persécutée vous-même, continua son amie, qui vous a fait passer de longs jours dans le trouble et la douleur. Mais ne le maudissez pas ! votre foi vous le défend.

— Je vous l'ai dit, je ne veux pas le maudire, je veux même continuer de servir son âme. Oui, je me sens encore de l'attachement pour lui, ou plutôt Dieu le conserve encore dans mon cœur. La foi me le montre toujours comme l'enfant que je promis d'aimer, alors qu'il était orphelin.

— Je suis loin de vous demander pour lui de l'amour : ce serait bien assez que vous ne l'accabliez pas de malédictions.

— Et moi, ne vous fais-je pas horreur, reprit le jeune homme : car mon père ne contribua pas peu à vos malheurs ? Voudrez-vous continuer d'entendre le récit que j'ai à vous faire ; à présent que vous savez ce qui vous intéressait le plus ? Et d'ailleurs oserai-je parler maintenant devant une dame que je ne savais pas être l'épouse du seigneur Henri Antelminelli.

— Parlez, dit celle-ci, puisque je n'ai plus à craindre les malédictions de la généreuse fille de l'illustre Castruccio.

16..

— Continuez, dit aussi Eléonore; je veùx tout savoir.

— Puisque vous me le permettez, je reprendrai la suite de mon récit, ou plutôt je vous ferai connaître les funestes effets des paroles d'un homme qui voua son petit-fils au crime. Mon père n'eut pas besoin, dans sa jeunesse, de l'exciter à la haine; il ne témoigna jamais d'affectiou à ses parents adoptifs, et, loin de leur rendre amour pour amour, il ne les accueillit jamais qu'avec froideur et indifférence. Bientôt de grandes passions s'allumèrent dans son âme : la malédiction paternelle continuait, mais d'une manière plus terrible, de la frapper de stérilité du côté des vertus.

Mon père ne l'avait pas perdu de vue; il trouva moyen, grâce à ses nouvelles richesses, de se rapprocher de lui ; et les premières marques d'amitié que signor Castruccio trouva dans ses paroles, furent des calomnies contre ses premiers bienfaiteurs. La voie du crime fut, par des conseils impies, aplanie devant un homme qui, de lui-même, y allait à grands pas, et alors il ne put plus supporter la vue de cette bonne mère, qui ne cessait de l'affectionner, et dont on lui peignait les marques ex-térieures de tendresse comme de l'yhpocrisie, comme un voile qui cachait de perfides pensées.

A tout ce qu'on disait pour enflammer sa haine, le jeune homme répondait toujours :

« Je le sais bien, je n'ignore pas que cette femme n'aspire qu'à ma ruine ; je ne l'aime pas, je ne l'ai jamais aimée. »

Et si quelquefois il lui montra quelques égards, ce fut ou parce qu'il le croyait utile à ses intérêts, ou parce qu'il craignait d'exciter l'indignation du peuple, qui la chérissait à cause de ses bienfaits.

Il est inutile que j'entre dans le détail des actions de sa vie : vous les connaissez toutes. Il suffit que je vous aie dit sous quelles impressions il les faisait, et quel était son perfide conseiller.

— Infortunée que je suis, s'écria l'épouse d'Antelminelli, pourquoi n'ai-je reconnu mon fils que pour apprendre ses crimes. Oh ! combien ce récit a dû vous faire mal, bonne Eléonore !

Celle-ci ne répondit rien : son âme avait à soutenir un combat terrible ; la nature livrait à sa foi de rudes assauts.

« Pourquoi, mon Dieu, se disait-elle, ai-je demandé à entendre les paroles de cet homme : maintenant il me faudra soutenir de plus violentes luttes. Mais, mon Dieu, laissez-moi achever mon sacrifice. »

Sa compagne venait de s'apercevoir que quelque chose d'extraordinaire se passait en elle, et elle la regardait avec anxiété.

« Je ne le maudirai pas, dit enfin Eléonore ! Oui, je prierai encore pour son bonheur.

— Mais moi, mais mon père! vous allez peut-être nous maudire : aucuns liens ne vous attachent à nous.

Eléonore, préoccupée par la douleur, ne répondait rien.

« Aucuns liens, répéta-t-il. Pourtant votre foi, votre piété me font espérer que vous pardonnerez à celui qui m'a envoyé près de vous. C'est mon père mourant qui a voulu que je vinsse faire devant vous l'aveu de ses crimes; il m'a fait jurer que je ne cacherais rien de ses œuvres coupables, afin que, les connaissant toutes, vous puissiez toutes les pardonner.

— Comment aurais-je contre lui de la haine, puisqu'il est repentant.

— A présent que vous savez ses crimes, permettez à son fils de vous dire comment le remords est entré dans son âme ; ce qu'il a fait pour réparer ses torts.

Comme les deux dames avaient les yeux fixés sur lui, il reprit en ces termes :

« Après le tournois de Peretella, chacun faisait sa version touchant le jeune guerrier qui accompagnait Lupo de Poggio ; les uns le disaient membre d'une famille, les autres d'une autre ; mais quelques-uns prononcèrent le nom de Cénami. Mon père voulut s'assurer de la vérité : il examina de plus près le prisonnier, et découvrit qu'il y avait un rapport frappant entre ses traits et ceux de

l'illustre Castruccio Castracani, son aïeul. Il fut effrayé
de cette sorte de fatalité qui faisait tomber sous la puissance du prince de Lucques tous les membres d'une
famille que détesta signor Antelminelli ; et surtout à la
vue de tant de morts, dont une malédiction était peut-
être la cause ; toute la vie de Castruccio se représenta à
son esprit avec tous les crimes qui l'ont souillée, et il
eut horreur de lui-même, qui avait pris tant de part à
ses forfaits. Il songea alors à sauver l'unique héritier de
la famille des Castracani et des Cénami, et parla au
prince en sa faveur. Mais lui, traitant sa compassion de
stupidité, lui dit que la vieillesse avait sans doute égaré
son esprit; qu'il savait bien la conduite qu'il devait tenir
à l'égard de ceux qui s'opposaient à sa gloire. Il résolut
donc de vous parler à vous-même, afin que vous fissiez
un dernier effort sur le cœur de votre fils adoptif. Il est
allé avec moi chercher, près de Lucques, le lieu de votre
retraite : vous en étiez partie. Soupçonnant votre présence à Pistoie, nous nous sommes dirigés vers cette ville ;
mais mon père, accablé par la douleur, par le remords,
est tombé, pendant le voyage dans un état affreux qui
me fait craindre pour ses jours. C'est par son ordre que
je suis venu devant vous. Je suis, hélas! arrivé trop
tard : la victime est immolée.

Il avait à peine achevé de parler, que la porte s'ouvrit,
et une voix, connue des deux dames s'écria :

« Le ciel vous a vengée, noble signora ! Castruccio
n'est plus ! »

— Il est mort, fit Eléonore, en élevant les yeux vers
le ciel et en joignant les mains avec tristesse! il est
mort; et on ne lui a pas inspiré le repentir.

— Il est mort comme il a vécu, reprit le solitaire.

— Mon Dieu! voici deux sacrifices en un seul jour!...
Comment est-il mort, le savez-vous?

— Voici ce qu'on vient de me raconter :

« Castruccio venait de remporter sur les Florentins
une sanglante victoire près de l'Arno; et il se rendait
à Fucequio. Il était si fort épuisé de fatigue, et le plaisir
qu'il avait pris à massacrer les vaincus l'avait tellement
occupé, que, trempé de sueur, il s'est assis à la porte de
cette ville pour y attendre ses soldats, et, sans y songer,
est resté exposé à un vent froid et pestiféré, qui com-
mence ordinairement à se lever sur l'Arno vers midi. Ce
vent a été si vif que Castruccio s'est senti tout à-coup
transi de froid. Quelques moments après, il a été saisi
d'une fièvre violente; et bientôt les symptômes de la
mort ont paru sur son visage.

« A cette nouvelle, un prêtre est venu près de lui,
pour le préparer à une fin chrétienne; mais le prince,
portant sur l'homme de Dieu des regards de mépris,
s'est écrié :

« A quoi bon un prêtre auprès du lit de Castruccio?
« Il n'a rien fait dont il ait besoin de se repentir. »

« A ces mots, ses amis ont éloigné le ministre du Seigneur ; et, un instant après, Castruccio a rendu le dernier souffle sans aucun signe de remords : aveuglement non moins déplorable que le désespoir le plus affreux.

Lorsque le solitaire eut achevé, les deux amies se précipitèrent dans les bras l'une de l'autre, en s'arrosant de leurs larmes ; elles pleurèrent long-temps ensemble sur un événement si terrible, et sur celui qui venait de le précéder.

Les guelfes, en apprenant la mort de Castruccio, reprirent de nouveau les armes, et délivrèrent les prisonniers qu'ils réservaient à la mort. Mais la liberté ne fut pas utile à Lupo de Poggio ; fatigué par de grandes émotions, il fut atteint d'une grave maladie, qui, malgré les soins d'Éléonore et de sa compagne, l'enlevèrent au bout de quelques jours.

Ainsi périrent les amis et la famille d'une dame dont les vertus étaient dignes d'un meilleur sort. Mais Dieu l'avait choisie pour être un grand exemple de charité et de désintéressement, de patience et de grandeur d'âme. De tous ceux qui avaient eu de l'attachement pour elle, il ne resta que deux personnes, qui même avaient eu à se repentir du mal qu'elles lui avaient fait.

Le solitaire, après avoir fait aux deux signoras des adieux éternels, reprit le chemin de son désert. Éléonore et sa compagne voulurent aussi consacrer à Dieu le reste de leur vie. La *Vigne de la Vierge* fut transformée en un monastère, où de pieuses jeunes filles vinrent prier et chanter les louanges du Seigneur.

Quelques années après, Éléonore, devenue leur maîtresse dans la perfection religieuse, mourait au milieu d'elles, pleine de vertus et de mérites ; et long-temps après, on conservait encore précieusement son souvenir.

FIN.

LIMOGES. — IMPRIMERIE DE BARBOU FRÈRES.

www.ingramcontent.com/pod-product-compliance
Lightning Source LLC
Chambersburg PA
CBHW071908020726
47502CB00003B/940